夜不語

詭秘檔案

夜不語
詭秘檔案

夜不語

詭秘檔案904

Dark Fantasy File

叫魂

夜不語 著

Kanariya 繪

CONTENTS

叫魂亦稱「喊驚」、「喊魂」等。中國古時的民俗信仰。流行於全國大多數地區。古人認為，人有疾病將死，魂魄離散，須招魂以復其精神，延其年壽，因而有「招魂」之俗。

在醫院裡叫魂，會怎樣？

試試讀完這個故事吧！

楔子

這世界挺怪的。有些人怪，有的人愛好更怪。

有的人喜歡端著鳥籠到處溜達、有人愛跳廣場舞、有人死宅、有人會啃腳皮。有愛坐在河邊釣魚的人，也有喜歡跑遍風景秀麗之處拍照的傢伙。

唯獨有一群人不走尋常路。他們特立獨行，喜好也和尋常人迥異。就連裝備都很簡單。許多人叫他們磁鐵佬。

汪磊就是一名磁鐵佬。他三十來歲，正是上有老下有小壓力很重的年齡。平時生活和工作的重壓，常常壓得他喘不過氣。一睜開眼，就是生活費、娃娃的學雜費，父母的孝親費。

由於妻子生了兩個寶寶，沒辦法上班。所有的家庭重擔，都只能由他一肩扛起。他經常性的失眠，工作兢兢業業、一絲不苟，害怕被老闆裁員。

汪磊和全天下所有的有家庭的男人一模一樣，肩膀上扛著的壓力，已經沉重到隨時都會被抑鬱症淹沒。

成年人的世界，從來就沒有「簡單」兩字。

閒暇的時候，汪磊也想要找一個愛好。但他的薪水扣完生活開支後，就沒剩多少了。他想要找一個不花錢、或許有時候還能賺一些小錢的愛好。很湊巧的，他找到了。他在一次偶然中，認識了一名磁鐵佬，大感興趣下自己也變成了磁鐵佬，從此樂此不疲。

今天下著小雨，天空陰霾得厲害。剛走出社區大門，騎上自行車的汪磊，就覺得整個世界都透著股說不清道不明的不祥。

汪磊有些猶豫，不知道該不該出門。在不遠處等了他好一會兒的好友老趙吆喝道：「小磊，走不走啊。今天下雨，情況非常好，跟我們搶河道的人肯定少。說不定能小發一筆財咧。我感覺今天手氣肯定好。」

汪磊看了看天，晃了晃腦袋，把內心的不安甩掉後，點頭道：「當然去。老趙，今天去的那條河道，你確定有好東西？」

「相信我，哥可是查過資料的。」老趙得意道：「快快快，最近磁鐵佬變多了，莫要先我們一步把好東西給搶走了。」

汪磊聽他說完，頓時也有些急。他其實也能感覺到最近一年，拿磁鐵佬當做愛好的人越來越多了。城市的河道僧多粥少，說不定去慢了，那個地方就會被別人捷足先登。

他急忙和老趙騎上單車一路朝著西郊奔去。小雨淅瀝淅瀝地下了一小會兒後就停了，只是空氣裡彌漫著一股清冷，最近的天氣，剛從夏天的熱中逃脫，就被陰冷捕捉到了。穿上兩件厚衣服都還覺得風颳得有些刺骨。

「老趙，你覺不覺得今天特別冷？」汪磊有一句沒一句地和老趙搭話。

老趙「嗯」了一聲：「最近確實天氣有些怪，據說是西伯利亞的寒流什麼的吹過來了。那叫啥效應來著？」

「搞不懂。」汪磊搖頭。

他們到了西郊後，老趙掏出手機辨別了一下方向，指著一條荒草叢生的小路道：「朝裡邊走。」

「這條路可不好騎。」汪磊看了那條路一眼。路很狹窄，地基坑坑窪窪的，不知道荒廢多少年了。路兩旁伸展的濃密樹枝將本來就不怎麼亮的天色，壓得更加陰森了。

「低著腦袋推車往前走。」老趙率先推車走了進去：「還要走幾公里呢。」

汪磊跟著進去了。被樹林掩蓋的小道在林子裡彎彎曲曲，完全不清楚會蜿蜒到哪裡去。他和老趙推一段路，騎一段路。從早晨十點一直折騰到十一點半，終於，一股流水的聲音衝入耳道。

「有河！」汪磊眼睛一亮。

老趙嘿嘿笑了起來：「我就說沒走錯嘛，咱趕緊的。」

又往前行了一段時間，流水聲更猛烈了。嘩啦啦的聽來非常湍急，可想而知水流量有多大，河道有多寬。搞不好真的要小發一筆咧。

汪磊臉上露出了欣喜的笑容。他倆加快速度在這條破敗不堪的小路上推著車小跑起來，沒多久，眼前豁然開朗。

一條挺寬大的河流，出現在了眼前！這條河洶湧澎湃，水量極大。寬大約上百公尺，有些更寬的地方甚至還有些點綴其間的河心島。

「終於找到了。」老趙掏出一張塗鴉似的簡易地圖看了幾眼，「還要再往上游走一段。這邊水太急了，不好弄。」

磁鐵佬的愛好，說簡單挺簡單的，可是要說複雜，有時候也非常的精緻，甚至會略有些危險。畢竟入門門檻極低。只需要一根夠長的繩子，一頭綁在強磁鐵上，之後將拴著磁鐵的那頭瞎摸著往水裡一扔就算搞定了。

當感覺磁鐵吸住了水中的東西後，輕輕地拉手裡的繩子，就跟釣魚一樣帶有非常的不確定性。因為沒有誰知道會釣上多大、什麼品種的魚，同樣也沒有誰清楚磁鐵吸附住的會是什麼東西。

正是這不確定性，讓人上癮了似的，感覺非常刺激。況且能被磁鐵吸附的，大多都是含鐵的東西。最差能當廢鐵賣，萬一運氣大好釣上一個古董了呢？那可不就發大財了。

汪磊當磁鐵佬這幾年釣上來的廢鐵多了，但是同樣也釣過幾樣值錢的東西，算是為自己口袋裡的零用錢添了磚加了瓦。

前些日子老趙神秘兮兮地透過電話告訴他想要弄個大的，問他有沒有興趣。汪磊沒搞懂情況，當磁鐵佬還能搞大的，這是什麼意思？

老趙壓低了聲音：「我說小磊，每天吊吊廢品也沒有大作為。咱倆老搭檔了，我就明人不說暗話。咱們這附近有一條大河，很隱秘，在西郊的森林深處。」

「據說一百多年前，清朝的時候，那座森林的一個小山頭上盤踞著一群悍匪，勢力很大。人最多的時候有六百多個。過往的行人車輛不給買路錢，就全殺了。有看得上眼的漂亮妞，也全劫了。就連官府，人多勢眾的悍匪也不怕，敢跟官府硬抗。」

「可就在悍匪的勢力滔天無法無天的時候，突然就銷聲匿跡了。有傳聞說，悍匪從老到小六百多人，一夜間全死了個精光。我是西郊本地人，類似的傳說聽過許多。我爺爺還經常跟我說，那群悍匪大概是得罪了某個大官，被朝廷動用軍隊殺了個乾淨。」

說到這兒，老趙的語氣一頓：「當然也有別的說法。說是悍匪偶然間得到了某個恐怖的玩意兒，得罪了不該得罪的神明。被降下災難，所以六百口人才沒有一個活口。」

「可無論傳言怎麼說，故事最後都有一個地方是相同的。」

汪磊雖然也是春城本地人，可這故事他倒是沒聽說過。所以他當聽書似的聽得津津有味。聽老趙的語氣變得凝重，他知道故事的重點來了。

「六百多人，家大業大，那麼多劫道來的財富。在那些悍匪死後，無論是官府還是當地人，都沒有找到一個銅板。悍匪寨子裡值錢的東西全消失了。只留下一地屍體。」老趙深吸了一口氣：「那些金銀珠寶去哪兒了？悍匪頭子到底把值錢的東西藏在哪裡？沒人知道。這也是西郊老人們口中最常提及的一個謎。都說只要找到了那群悍匪藏著的寶藏，夠大富大貴幾輩子了。」

汪磊聽到這兒，眼睛瞇了瞇，心臟砰砰跳得厲害：「老趙，難道你有線索？」

「嘿嘿，你也知道我是幹嘛的。」老趙笑了幾聲，很得意。

這老趙，汪磊是在兩年前剛開始當磁鐵佬的時候認識的，比他虛大十歲。兩個人意氣相投，所以經常約著一起去春城周邊各大河流裡釣好東西。老趙的工作汪磊也聽他透露過，似乎是在某醫院的臨終關懷中心上班。

「前些日子，一位一百零二歲的老爺子得了癌症，沒救了。住進了臨終關懷中心等嚥氣。我負責他的病房，每天跟他說說話下下棋。老爺子話很多，有一次說溜了嘴，隱約透露過他知道那群悍匪的秘密。」

說者無心聽者有意。打小就聽這個故事長大的老趙內心沸騰了，他拐彎抹角地多番打聽，再加上老年人臨終前，精神意志力都不好。最終老趙在老爺子迷迷糊糊的時候，哄騙他畫下了一副悍匪藏寶地點的草圖。

也就是，眼前的這條河。

可是有幾句話，老趙並沒有全部告訴汪磊。在畫下這幅草圖的隔天，老爺子就死了。嚥氣前老爺子清醒無比，他表達了對老趙的好感，也感謝老趙一直以來的照顧。老趙看著心律監控儀從微微地顫動變成了一條直線。

老爺子死在了他面前，自始至終，都沒有任何親人過來看過他。

有些唏噓的老趙扯過被子正準備幫老爺子蓋上臉，就在這時，本來應該死掉的老爺子突然睜開了眼睛。他的眼神充滿渾濁，他一把抓住了老趙的手。

「藏寶地，不要去。千萬不要去打撈那些寶藏！」老爺子乾枯的手力氣大得出奇，指頭幾乎要陷入老趙的皮膚裡。

老趙慌忙下意識地想要去掰老爺子的手，可隨即老爺子的手就鬆了。老趙一頭冷汗，他嚇得不輕，後退幾步再看向老爺子的臉時。

又被嚇了一跳。

老爺子死前本來很安詳的臉，變了。變得扭曲，空洞的眼睛大大張開，彷彿在彌留之際看到了什麼極為可怕的東西。

老爺子臨死前的那句警告，雖然令老趙心有餘悸，但卻沒有放在心上。他想要發財的慾望，佔了上風。本來想一個人獨吞寶藏，最終還是有些膽怯。老爺子死不瞑目的神情，深深地刻印在老趙的腦海中。

算了，有財不一個人發。老趙思前想後，這才叫上釣友汪磊一起去壯膽。

這條古河道一直沒有開發，屬於極為偏僻的地帶。雖然在春城的郊區，可是離最近的城鎮也有十幾公里遠。大城市的磁吸效應讓附近的村民走的走散的散，哪怕還剩三三兩兩的居住者，也都是古稀老人。

河道兩邊的河堤很高，沒辦法下去。汪磊和老趙根據草圖標注的位置，半矇半猜地尋找那如同死亡的蚯蚓一樣扭曲成幾團的河灣。

老趙預想過附近沒有路，所以讓汪磊帶上砍刀。他們早就將自行車扔在入口處，一路披荊斬棘，砍掉擋路的蘆葦和雜樹。足足走到了下午兩點半，兩人累得都快要放棄的時候，終於又發現了希望。

河道變窄了，可是河流的衝擊聲卻變大了。這證明在不遠的地方，應該有迴水蕩。而能形成迴水蕩的位置，肯定有連續的急彎。

汪磊兩人頓時精神一震。他們又往前行了半個小時，終於，蚯蚓般蜿蜒的急彎出現在了眼前。奔流的河水不斷衝擊在急彎邊的岩石上，發出震耳欲聾的轟鳴。站在高處，老趙將地形對比著草圖，眼前一亮。

「就是這兒！」老趙興奮地道。

「那咱們找地方下去。」汪磊左右看了看，發現了一個稍微緩的斜坡，如果扯著探出土裡垂吊在空中的樹根的話，應該是能下去的。

其實對於寶藏什麼的，汪磊並不相信。他覺得所謂的寶藏實在是太渺茫太像電影了，離他的生活無比遙遠。之所以跑來湊熱鬧，純粹是閒得無聊陪老趙來瘋一把。

兩個人，沒有人知道，他們將會遇到多麼可怕的經歷。如果生命能重來一次，他們死都不會再去找寶藏。

人生處處隱藏著危機，之所以能夠活得小確幸。不過是因為你的人生還沒有遇到足夠壞的遭遇。

當事情壞到一定程度的話，就會更加地惡化。別說什麼小確幸，就連命，恐怕都難以保住。

「我記得老爺子說過要找對地方，還有個順口溜……」下到河道後，老趙發現河道水流太急，根本就沒辦法放強磁鐵。他皺著眉頭回憶了一下老爺子的話。

汪磊雖然累，但是他越來越感覺這趟沒有白跑，太有趣了：「還有順口溜？這簡直像是尋龍盜墓，和探險似的。老趙，你那順口溜老爺子說了嗎？」

「說了。我就怕忘記，還用手機偷偷錄了下來。」老趙掏出手機。他調查得很周全，不然也不會特意跑這趟。

只聽老趙按下螢幕上的播放按鈕，一個蒼老的聲音伴隨著周圍流動的河水聲響了起來。老人先是碎碎唸著什麼，嘮叨個不停。不久老趙的聲音出現了：「老爺子，您那順口溜是怎麼回事？還記得嗎？」

老爺子這才慢吞吞地說道：「記得，記得。我沒忘，怎麼可能忘。」

頓了一會兒，老爺子又道：「石岩沖，三道灣，慢行百步走。見石人，迴水瀑，就沉三窯金。」

汪磊興奮地指了指不遠處的風景道：「這裡應該就是石岩沖，三道灣的位置。」那彎曲的河道，不斷受河水沖擊的石頭岩，和繞口令一模一樣。雖然滄海桑田，一百多年過去了。可這條河少有人煙，改變並不大。找到那些悍匪寶藏的可能性還是有的。

老趙點點頭：「我也這樣認為。如果往前慢走百步，真的能看到石頭人和瀑布什麼的，或許就真到地方了。」

他們當下稍微休息了片刻後，再次動身。一步一步數著在河岸旁往上游走。河道周圍遍佈嶙峋岩石，異常尖銳，甚至有的地方剛走幾步就沒了可以過去的路。短短一百步距離，兩人足足又折騰了半個多小時。

大約下午三點左右，翻過一顆幾人高的大石頭。迂迴曲折的河道陡然不見了，汪磊站在高處瞅了一眼，驚喜得險些大叫出聲。

「老趙，你看，石人！」他喊著，順手一指。

前方的河水轉了一個彎，隱藏進起伏的山巒間。一個奇形怪狀的石頭孤零零地屹立在山峰之上，甚為壯觀。仔細看，那光桿石頭，不正是像一個站立的人的模樣嗎？

石人的腿下，經過無數年歲月的沖刷，河道旁堆積的泥沙形成了一個寬約幾十公尺的迴水蕩。迴水蕩中的水平靜無波，不時有小魚大魚從水中竄出來，啪的一聲，激起粼粼波瀾。

河道裡的水量看起來大，可由於是秋季，實際上已經比夏天小很多了。那迴水蕩現在已經變成了水潭，能夠補充水源的唯一途徑，就是河道裡一側岩石頂端漫灌跌落的水流，瀑布似的，嘩啦啦地流入潭水裡。

等看清潭裡的水，汪磊頓時倒吸了一口涼氣：「老趙，順口溜說的什麼都對。可這迴水蕩裡的水，該不是被什麼化工廠污染了吧？」

小雨早就沒了。太陽露出了個大臉來，照在這迴水蕩中。兩人清清楚楚地看到，水潭中的水，竟然是黑色的。黑得如墨，看不清楚深淺。

黑色的水？在這深山老林中不可能有什麼化工廠，別說大型車，就連自行車也沒辦法騎進來。所以也不可能是有人偷偷將有害物質倒入了水潭裡。

可這水，怎麼就偏偏黑的那麼悚人呢？

汪磊很好奇，他跳下大石頭，來到了黑水潭邊上，想要用手捧一口水上來聞聞味道。就在他探出手的一瞬間，老趙一頭冷汗地將他的手死死拽住了。

「老趙，你抓我手幹嘛？」汪磊不滿道。

老趙語氣有點重：「你看這水黑的，我老覺得不太對勁兒。還有，老爺子也曾有意無意說過，這水碰不得。」

「這水就只是有些黑罷了，應該沒危險。」汪磊不以為然：「你看水裡有魚有蝦的，活得挺痛快的。水有毒的話，魚蝦早就死光光了。」

「總之不要碰水。」老趙可不光是比汪磊虛長十年。他在臨終關懷中心待得久了，見慣了等死的老人們，有些事情他清楚得很。人之將死其言也善，臨死老人說過的話一定要聽，要記在腦子裡，否則肯定會吃虧。

拗不過老趙，汪磊終於放棄摸水潭裡的黑水。他們從身上掏出準備好的繩子和強力磁鐵，準備吊水潭下邊藏的東西。

「老趙，你怎麼確定悍匪的寶藏就沉在水潭底部？」其間，汪磊好奇地問。

「小時候故事聽得多了，我就在琢磨。那群悍匪一夜之間死個精光，也就是說危險是突然來臨的。」老趙解釋道：「既然是突然來臨的危險，也就意味著值錢的東西不可能花時間找地方藏起來。你看四川張獻忠寶藏和明末農民起義時李自成的寶藏，都是因為危機來得太快，所以沉入了河底。等危險過後，容易找出來好翻身。」

「那群悍匪的頭目大概也是這麼想的。忘了老爺子的順口溜了？順口溜最後一句不就說清楚了寶藏的藏匿方式嗎？見石人，迴水瀑，就沉三窯金。」

「也對。」汪磊點點頭。他越發地興奮了，不久前還是抱著玩耍湊熱鬧的心態，沒有什麼尋寶的真實感。可是現在真的跟著順口溜找到了一模一樣的地方，他的心臟就不停地砰砰跳。

搞不好，這次真的能發一筆。如果真發財了，家裡一天到晚對自己碎碎唸說他沒出息的黃臉婆肯定要對自己刮目相看。兒子的私立學校、自己的人生巔峰，更是唾手可得。

希望，真的有寶藏！

汪磊和老趙找了個合適的位置，將背包放在地上，掏出了用長長繩子捆著的大塊強磁鐵。掂量了幾下後，一前一後將其扔進了水裡。

重重的強力磁鐵在空中劃過一條弧線，撲通一聲落入了水中。濺起的黑色水花染得水面上的空氣也變成了黑色，洩露著深深的不祥氣息。

長達幾十公尺的繩子被強力磁鐵拉著，不斷往水底沉。可是沒過多久，老趙和汪磊同時臉色一變。

這五十公尺的繩子竟然用光了，而強力磁鐵還沒有落到河床上。這可是兩人從來沒有遇過的怪事。這一汪黑色潭水，真有那麼深嗎？

「加繩子。」老趙當機立斷。

兩個人幫強力磁鐵加了一截十公尺的繩子。但磁鐵還是沒有到底。再加，潭水仍舊深不可測。強力磁鐵和六十公尺繩子的重量沉甸甸地拽著手，讓人的心止不住地有些難受。

「繩子，還有多少？」老趙點燃了一根菸，抽了兩口問。

「不多了。」汪磊瞅了瞅，掏出最後一條五公尺的繩子。

老趙沉默了一下：「我也只剩一條十公尺的了。看起來，不怎麼夠。」

「那怎麼辦？」汪磊問。

「怎麼辦，還能怎麼辦。」老趙又使勁兒地抽了一口菸：「咱不同時放兩塊磁鐵了。收一塊上來，把繩子綁在同一塊磁鐵上。這樣繩子就有兩百多公尺了，老子就不信這一點潭水還有兩百多公尺深。」

說幹就幹，老趙開始往上收自己的磁鐵。可就在這時，異變突生！長長的繩子在水中，似乎勾到了什麼。

他使勁兒拉了一把，沒拉動。

「小磊，來，幫我一把。哥子好像勾到了啥。」老趙心裡一喜，來勁兒了。

汪磊連忙湊到老趙身旁，幫著他一起拉繩子。兩個人使勁兒拉拽了好幾下，繩子文風不動。

汪磊倒吸了一口涼氣，「趙哥，我覺得繩子不是勾到東西了。倒像是什麼東西咬住了繩子。」

那一汪深深的黑潭水下，繩子筆直地垂入深水裡，緊繃著。有如一根插入豆腐中的矛。可是從繩子上傳遞過來的感覺告訴兩個人，繩子似乎在微微抖動。如果是釣魚的人就都知道，那是有魚上鉤的徵兆。

可是繩子的另一頭掛著的是強力磁鐵，磁鐵可不會吸住有血有肉的魚類。何況老趙也是釣過魚的人，春城附近沒啥大魚，最大的草魚也就是二十來公斤。可草魚是吃草的，這一灘墨黑深水周圍全是亂石灘，草都沒有。哪來的草魚？

究竟是什麼，咬住了他們的繩子？

還沒來得及細想，兩個人的手突然一鬆。老趙心裡暗叫不好，這明顯是繩子被咬斷了。果不其然，他們繼續往上收繩子，但繩子已經變得輕飄飄的，沒什麼重量了。拴著強力磁鐵的那頭八成已經沉入了湖底。

老趙有些心痛。玩磁鐵佬看似沒什麼成本，可也沒什麼賺頭啊。上好的強力磁鐵不便宜，又是從自己本來就不多的私房錢裡硬掏出來的。再買一塊下個月就要從伙食費裡擠牙縫了。

汪磊拍了拍老趙的肩膀：「趙哥，節哀順變。咱們抓緊些，從迴水蕩裡撈出些值錢的東西來，到時候替你回點血。」

「對，對。這下邊很可能藏著寶藏呢。」老趙重新打起精神，將剩下的繩子從水中捲了起來。

他收攏了一截大約十公尺的繩子，突然大叫一聲痛。只見那一截浸滿了池水的繩子被老趙抓在手裡，他的手心竟然著火似的，水一碰到皮膚就冒出了濃濃的白煙。

老趙下意識地就將手裡的繩子扔了出去。

汪磊嚇了一大跳：「這水看起來怪怪的，黑得要命。果然是有毒，還有腐蝕性呢。這些都是酸水？」

老趙用帶來的礦泉水一股腦倒在冒煙的皮膚上，還好不一會兒煙就消失了。他看了一眼自己的皮膚，本來淺黃的皮膚留下了一層坑坑窪窪的焦黃，彷彿被烤過似的：「奇怪，這不像是強酸或者強鹼造成的。」

老趙雖然在臨終關懷中心上班，可畢竟也是考過醫師執照的人。他很清楚強酸或者強鹼會在皮膚上留下什麼，自己皮膚上的焦黃很奇怪。仔細一看，倒像是被無數細小的東西啃出來的。

「總之這迴水蕩裡的水有危險。」汪磊開始打退堂鼓了：「要不，咱們回去了？」

「用不著，只要小心一點，不要碰上池裡的水就好。你看水裡還有生物，證明這水也不是太致命。」老趙心一橫，決心非要從湖裡將寶藏吊出來。

汪磊看了看偏西的天色：「可是天都要晚了。再待下去就怕黑漆漆的，連回去的路都找不到。這畢竟是荒郊野外。」

「那我們動作快點。」老趙掏出手機看了一眼：「如果再過一個半小時，還是一無所獲，就回去。」

一個半小時候就接近六點了。春城這個時節大約七點左右天黑。一個小時也不過勉強到他們放自行車的地方而已。

汪磊見老趙鐵了心，也不便多說什麼。他無奈地看了老趙一眼：「趙哥，你的強力磁鐵沒了，浸了水的繩子又不能用。誰知道這潭水還有多深，我們可沒有繩子了啊。」

「誰說我的繩子不能用。只要不用手直接碰到，我一樣能把繩子接上去。」老趙撇撇嘴。他戴上厚厚的手套，想了想不放心，又多戴了一層。這才試探性地摸了摸被自己扔出去的繩子。

斷掉的繩子如一截長蛇般躺在不遠處的亂石堆裡，還有很長一截留在水中。他摸到了浸透水的繩子，發現沒問題後，這才大起膽子繼續收繩索。這一次很順利，繩子很快就全收了上來。數了數，大約還剩三十幾公尺。

汪磊特意湊過頭去看了看繩子斷掉的地方，那截面非常整齊，猶如刀片一般。可想而知咬斷繩索的生物的牙齒有多鋒利。汪磊頓時心裡毛毛的，看著壯觀的山川長河，也覺得無比詭異起來。

老趙從汪磊手裡接過完好的繩子，將殘繩子打了個水手結連接好。本來一百公尺長的繩子，變成了一百三十公尺。

「你也戴上手套，我們一起放繩子。如果遇到了上次咬住我們繩子的生物，就儘量朝兩邊拖，避開牠。」老趙吩咐道。

他們倆當了幾年的磁鐵佬，從前也遇到過有魚好奇地碰撞和咬住繩子。可是繩子又不好吃，春城附近本來也沒有攻擊性的魚類。再加上繩子很粗，淡水性的食肉魚，也沒有哪一種能將繩子咬斷的。

可是眼前的迴水蕩明顯有些不同。

看起來不大不寬闊，卻深不見底。明明水面平靜無波，甚至看不出有危險。卻暗藏著牙齒如刀片的巨大怪魚。還有那會腐蝕人類皮膚的水，到底是怎麼、基於哪種原理形成的？

一切的一切，都令老趙和汪磊的心懸得老高。他們彷彿覺得自己已經不在內陸了，而是在危機四伏的海洋上，坐著漂浮的獨木舟，四周全是可以一口將人咬斷的鯊魚。

隨著繩子再次深入深深潭水中，兩個人就連呼吸都急促起來。如果一百三十公尺的繩子也用光了還沒碰到水底，他們也沒轍了，只能打道回府。下次還有沒有機會來就不好說了。

繩子一寸一寸地被水吞沒，墨黑的水面平靜無波。秋風吹拂下，老趙兩人的額頭上全是因為緊張冒出的冷汗。

剩下的三十公尺的繩子隨著他們雙手的動作而不斷減少。還剩十公尺，五公尺，三公尺……

還算運氣不錯，當最後一段繩子放進去後。他們終於感覺到手裡一鬆，沉甸甸的感覺不見了。此時他們手上的繩子，只剩下一公尺長了。

老趙兩人頓時長長鬆了一口氣。這次手上傳遞來的感覺不是被什麼魚咬住了，而是磁鐵實實在在地落入池底的輕鬆以及軟綿綿。

「拉。」老趙和汪磊在岩石上走了一個圈，老趙判斷了地形後，叫了一聲拉。

磁鐵佬想要撈上好東西，將磁鐵沉下去只是第一步。最關鍵的是第二步，那就是找個好位置拉動河床上的磁鐵，將河底的金屬物體牢牢吸附住。第三步，才是將吸住的東西打撈上來。

汪磊和老趙換著角度將池底的強力磁鐵在深一百三十公尺的河床底部拖行，足足花了一個小時。突然，磁鐵動了。

它，自己動了！

老趙和汪磊腦門子上才剛消失沒多久的冷汗，又全冒了出來。什麼情況？怎麼強力磁鐵還會自己動？難道它碰到了怪水，自己長腳跑了不成？

對於兩個有三年經驗的磁鐵佬而言，什麼怪情況沒遇過？可是他們遇過最怪的事情全部加在一起，恐怕也沒有今天遇到的多。

兩人的臉色變得很難看。

「會不會是繩索又被魚咬住了？」汪磊弱弱地問。

老趙搖頭，「不像。」

繩索上傳來的感覺，確實不像是有魚咬住了繩子或者磁鐵。分明是強力磁鐵瘋了似的，在亂竄。

老趙臉色陰晴不定，猛地像是想到了什麼，驚喜起來：「小汪。你覺得有沒有那種可能。或許磁鐵被啥有著更強磁性的金屬物質吸引過去了？」

汪磊一想，頓時也驚喜道：「很有可能！」

水底下還能有什麼強磁性物質，只可能是百年前那群悍匪扔下河的寶藏。這怎麼不令兩人驚喜不已？

果不其然，強力磁鐵自己跑了一會兒後，停了下來。兩人再鼓足力氣一拽，磁鐵，像是真的吸附在了某個東西上。入手沉甸甸的，很有重量。

老趙和汪磊的心臟一陣狂跳！

汪磊隨便在褲腿上擦了擦手心的汗，這才發現，自己還戴著手套。手心癢得很，隔著手套撓這不舒服。他們開始收繩子。被磁鐵吸住的東西實在是太沉重，兩人不斷地試探著用力，都用出了大半的氣力了，硬是沒有將水底下的東西給拉起來。

好在兩人幾年磁鐵佬的經驗也不是吃素的。老趙讓汪磊抓住繩子，密切注意水下的生物，不要讓牠們把繩子咬斷了。

他自己走到岸邊，砍了幾根粗壯的樹枝才又走回來。取出一截殘繩用包裡自帶的工具做成了簡易的墨瞿滑輪組後，呸的一聲，在自己的手心上吐了一攤口水，增加摩擦力。這才再次戴上手套。

「滑輪來了，我來裝上去。」老趙俐落地將滑輪固定在岸邊，又把繩子卡好。滑輪組本就是槓桿的變形，繩索通過幾個滑輪後，頓時變輕了許多。

兩人再次拉繩子，這次輕鬆多了。池水中那沉重的物體，也變得能拉起來了。一百多公尺的深度，隨著他們的拉升在縮短距離。岸邊的繩子越堆越高，潭水下的寶貝，在那灘烏黑的水中靜靜沉默著。

靜靜等待著睽違一百多年，重新露出水面的時刻。

終於，繩子只剩下了幾公尺了。老趙和汪磊兩人再加了把力氣，水下被強力磁鐵吸住的東西發出一陣破水聲，嘩啦啦地浮出了黑水潭。

在夕陽的映照下，漆黑的水顯得那麼的詭異。在老趙和汪磊看清水面上被繩子吊住的東西時，頓時倒吸了一口涼氣。

這是，啥東西？

第一章 鬼影

人是有標準的，而且每個人都不一樣。

畢竟所謂的標準，有時就和遇到真愛一樣。妳說妳要找一個帥氣高大有酒窩的男孩，直到偶然的一天，陽光很好，一個不高不帥卻穿了妳最喜歡的白襯衫的男孩走過來，妳才發現先前所有的假設和既定的標準都是虛設。

我的標準一直很簡單，那就是和在乎的人一起活著。普普通通地活下去。可惜，對於我而言，這種標準，或許也實在是太高了。

當爆炸發生時，我的腦袋一片空白。眼睛裡最後看到的一個東西，是明亮的火光正準備灼燒我的瞳孔。身體被氣浪裹挾著往外拋出，突然，一個觸感柔軟的黑影抱住了我。

那是一個女孩。

一個柔柔弱弱的女孩。看不清楚她的臉，可是味道挺好聞的。她撲在我身上的感覺，讓我很安心。彷彿，那是一個認識了多年的老朋友。

我很明白也很清楚，她不是守護女李夢月，也不是我的紅顏知己黎諾依。但除了這兩個可以為我付出生命，到如今還活著的女孩。我想不出第三人了。

可就是這第三個為救我不要命的人，救了我。她用柔柔弱弱的纖細肩膀替我擋住了火焰和爆炸的衝擊波。

在我暈過去的瞬間，將我救出了火場。

當我再次醒來時，已經一個人住進春城一間偏僻的醫院裡。據說，已經在床上躺了十五天。

今天，是八月二十三日。無聊地看著電視上沒營養的新聞，我獨自躺在床上。身旁一個人也沒有，只有一個查房的小護士，穿著粉紅色的護士服，每三個小時會來看我一眼，跟我說說話。

那個小護士，不漂亮，可笑起來臉頰上有兩個圓圓的小酒窩。很有親和力。

實在太無聊了，我嘆了口氣，將眼神從電視上轉回來。取下床邊的醫療記錄本看了幾眼。十八天前我被送入醫院搶救。三天前我才醒過來。我身上燒傷的面積不算大，但是由於從樓上跌落，撞到了腦袋和腿。

醫生說我沒有癡呆順利恢復神智，就連記憶都沒有缺失，已經算是運氣很好了。只不過右腿骨折了，打了石膏，至少要好幾個月才好得了。

小護士在這三天裡跟我嘻嘻哈哈打鬧，鬧得熟了，還在我右腿的潔白石膏上亂塗鴉。我知道，她是可憐我至今都沒有親戚朋友來看我。

我的病房是單人房，沒有訪客。

至今都沒有。我也沒主動聯絡任何人。自己有一個強烈的預感，我或許是真的被捲入了一個針對自己的漩渦當中。

風雨欲來，風雨欲來。之前所發生的一切，不過是暴風雨來臨前最後的平靜。看似激烈，卻總歸還是平靜的，平靜得令人窒息。

我無聊地打量著房間。在這家叫做衡小第三醫院的地方，自己所在的單人病房算是非常好的。據說那個送我來醫院的女孩，大方地付了一大筆錢給醫院，足夠我在醫院裡高規格地住到病癒。

「離病好，估計還有得等。」我苦笑了片刻。燒傷已經沒有大礙了，皮膚上被燒的地方敷藥後，已經結疤。癢癢的，應該是在長新皮膚了。可是右腿的骨折，不知道要等到什麼時候才能痊癒。

自己的手機也是完好的。剛醒來沒多久，我就用手機定位過這家醫院的確實位置。衡小第三醫院位於春城西郊外，其實離四環也沒多遠。網上對它的評價口碑都不錯。

而對於救我的女孩，說不好奇是不可能的。對此我已經無數次旁敲側擊我那位圓臉酒窩小護士。

可是，一無所獲。

在病床上伸了個懶腰，我正準備掏出手機找一款遊戲玩玩。就在這時，門外傳來了敲門聲。還沒等我開口，小護士已經走了進來。

酒窩小護士總是面帶笑容，這是公立醫院與私立醫院最大的不同。

「夜帥哥，今天我幫你申請到福利了哦。」她身高不高，可是身材很豐滿。粉紅色的護士服緊緔在她身上，顯得特別惹眼。女護士高聳的胸口上別著一個姓名牌——文儀。

這是她的名字。名字隨人，聽起來普普通通，可實則透著一股子靈氣。

文儀吃力地將一張輪椅移進來，隨手拍了拍：「你猜是什麼？」

我放下了手機，看了看窗外，瞇了瞇眼：「該不會是今天終於可以出去放風了吧？」

酒窩女護士用力點點頭，可愛地偏著頭：「完全正確。我就知道你能猜中。開心嗎？」

「當然開心。我期待很久了，在這張病床上躺了十幾天，每根骨頭都快生鏽了。」我撇撇嘴，確實有些雀躍：「現在就能出去溜達嗎？」

「等點滴打完就可以了。」文儀斜著眼看我，噗哧一聲又笑了：「你看你迫不及待的樣子，越看越帥。」

被她調侃，這三天多已經完全習慣了。一邊嘴貧一邊看她給我掛上點滴瓶，靜靜地等待點滴瓶裡的液體滴入身體靜脈中。感覺花了極為漫長，實則不過二十分鐘的時間，點滴終於打完了。

「小心一些。為了把你救回來，咱們醫院的醫生可費了許多心思了。」女護士小心翼翼地將我扶起來，放到輪椅上。

這話我聽她說無數遍了。十八天前我被送進醫院時，最棘手的不是外傷，而是腦袋撞到了，昏迷不醒。險些就變成了見鬼的植物人。

至今我都有些難以置信。我居然在鬼門關前溜達了一圈，自己還完全不知道。這可太沒真實感了。要知道我這個人，許多年前還是真的去過鬼門，走過奈何橋的存在。

老子果然是福大命大啊！

我早就急不可耐地想要從床上起來到處晃了，不是為了出去透風，而是想要找出那救了我、用背替我擋住了爆炸、送我來醫院，卻悄無聲息名字都沒有留的女孩。哪怕，只找到一絲蛛絲馬跡。

既然我覺得她有熟悉的味道，既然她能為了救我，連命都不要。那麼，我們應該是認識的。或許，還很熟。最重要的，自己有一個強烈的預感。

說不定，那個女孩，就是警告了我許多次，自稱是我朋友的神秘人——M。

文儀笑咪咪地將我推出病房。其實我現在除了右腿不能動外，身體已經好了很多。自己住在四樓，要下樓必須搭電梯。

醫院的電梯總是慢悠悠的，從一樓到四樓，層層都停的話，累積下來耗費的時間也不算少。

總共用了接近十分鐘，我終於被女護士推到了醫院外。深深吸了一口療養花園裡的新鮮空氣，我感覺頭腦頓時靈光了，就連肺中的每一顆肺泡都在大口大口舒暢地呻吟著。

「真舒服。病房裡雖然有空氣清靜系統，可還是比不上親自用鼻子和肺感受負氧離子來得舒爽。」我開心道。

文儀見我一臉陶醉到快要醉氧了，又是一陣噗哧的笑。

多呼吸了幾口氣，任憑女護士推著我在花園裡亂轉。我放空的大腦逐漸開始恢復功能，下意識地將周圍的一切都收納入記憶中，整理。

突然，當視線掃過花園的某個角落時，我的眼神一凝。裝作漫不經心地指著那個地方，對文儀說：「麻煩，把我推到那個位置去。」

女護士不假思索地按照我的吩咐做了。

我到了花園圍牆下，上午的陽光正烈，照著牆下的陰影。發虛的陰影中，秋日的小菊花開得很燦爛。在菊花叢中，站著一個模模糊糊的人影。

人影沒有影子。如同貼在紙上的一幅畫，那麼靜靜地飄在菊花叢上，不隨風蕩漾，也沒有任何動作。背對我和小護士，正對著陽光的他的身影實在太模糊了，我甚至搞不清楚自己究竟看到的是不是真實的存在。

「小美女，妳看得到那菊花叢上的黑影嗎？」我心裡一陣發涼，指著那個黑影問。

文儀疑惑地順著我手指的方向望過去，看了一眼，又看了一眼，之後緩緩搖頭：「夜帥哥，你是想讓我看什麼？菊花還是雲彩？」

「沒什麼。」我緩緩搖了一下腦袋。那個黑影彷彿在曬太陽，穿著黑呼呼衣服的他，絕對是飄在離地面半公尺高的地方。

可是文儀，卻看不到他。

這樣一想，我整個人都毛骨悚然起來。腦袋轟炸似的一瞬間想了很多。眼前的黑影是怎麼回事？這完完全全就是小說電影裡描述的幽靈般的存在。難道我十八天前因為瀕死體驗，突然就能見到本不應該存在的鬼了？

不對，這不科學啊。

我這麼多年遇到許許多多稀奇古怪的事情，可大多數都在最後證明了，是由某種超自然的事件或者物品引發的。單純的鬼，自己可真沒有遇到過。

可我眼前的到底是啥？如果不是鬼的話，難不成是我的大腦受到的撞擊並沒有完全好，所以看到了幻覺？

我強迫自己冷靜下來，吩咐文儀繞著這一塊花園轉圈。以漂浮的黑影為中心點，我本打算將黑影本體甚至它的模樣都看個清清楚楚的。可當輪椅轉到了黑影正面的時候，我的心臟如同受到攻擊般，跳得更厲害了。

自己手腳冰冷，眼睛死死盯著那叢怒放的菊花。原本應該是黑影正面的位置，出現在我眼前的，仍舊是黑影的背影。飄飄忽忽，不清不楚，背對著陽光，沒有影子。甚至陽光一縷縷地從它的上半身穿過，激起的飛舞灰塵斑點，也能在它的身體裡清晰可見。

黑影在我眼裡，更像是全息投影。無論我轉了幾圈，都只能看到它的背面。它，沒有臉！

我面無表情，甚至不知道該如何判斷眼前的現象。最終只能歸結為或許真的是自己的腦子出問題了，畢竟在醫學上，類似的例子很多。

一個小時的放風，完全在我的驚疑不定中流逝殆盡。我的眼一直盯著那個沒有臉的影子，不死心地想要判斷，它到底是不是我壞掉的腦子自己想像出來的。

可惜，直到我回到了四樓，我也沒有找到答案。

在路過四樓最中央的護士詢問台時，我下意識地瞟了瞟詢問台上掛著的一個牌子。上邊用兩種字體寫著這樣的內容：

紅色字體：今日病癒——2人。

藍色字體：今日死亡——0人。

其實，很多人都不知道，許多連鎖的私立醫院甚至三甲公立醫院都有死亡和治癒出院指標。出院人數高醫生和護士有績效獎勵。而每天的死亡人數是有定量的，不能超過某個數值，否則主治醫生和護士會被扣獎金。

對於這一點，我其實內心已經暗自腹誹過許多次了。每天死亡多少人還能定標準？人家壽終正寢或者沒辦法搶救了，你就非要拖著別人的命，壓到明天才准許他過世？如果這世界上真有閻王爺，那它手裡的生死簿早就該丟了。

而「閻王叫你三更死，不會留你到天明」這句俗語，也破功了。

文儀見我在看那個生死牌，笑得露出了兩個小酒窩。她就是愛笑：「夜帥哥，放心，你上不了那生死牌的。你身體好著呢。應該要不了多久就可以去復健中心，鍛鍊幾天便能買兩根楞杖出院了。」

「承妳吉言。」我點點頭，心裡確實有些想早點出院。自己身上的危機還沒有解除，總覺得有股陰謀纏身的難受。守護女還躲著我，不知道在哪個角落默默替我擦屁股。黎諾依那女孩，見到我這副模樣，會有多心痛……

最重要的是，飄在花園裡的那個黑影。猶如陰影似的，沉甸甸地壓在我的心口，無法對別人說，偏偏又讓我在乎得不得了。

總覺得，這個乾淨整潔、醫護人員有禮有節的衡小第三醫院，也順帶著染上了一絲詭異。

我被文儀推回病房，在自己的堅持下，一個人用手支撐著輪椅的扶手，慢慢地移動到了床上。躺好後，我得意地看了一臉擔心的文儀一眼：「妳看，我做得到對吧？」

酒窩小護士用力拍著小手：「夜帥哥你真棒。」

「別叫我夜帥哥了，妳年齡比我大，叫我小夜吧。」我用手指轉了轉耳朵孔。文儀叫我夜帥哥，叫得我渾身不舒服，彆扭得很。

「好啊。」小護士點點頭，大概對我的所有稱呼也只是稱呼罷了。嬉笑打鬧，對她而言也不過是安慰病人，屬於工作的一部分。

她跟我又待了幾分鐘後，準備推著輪椅出去。

我連忙叫住了她：「文儀，麻煩妳把輪椅留下。謝謝。」

「你該不會自己想溜了吧？」文儀開玩笑道。

「怎麼可能。你們醫院收的錢還剩很多吧，我用得著溜嗎？」我沒好氣地白了她一眼：「就是自己腿腳不方便，不能自由移動，讓我憋得慌。既然我都能稍微靠自己獨自上下輪椅，也可以自己上廁所了。」

躺床上讓護士幫著上廁所，可不是什麼美好體驗。

「那行，只要你不亂跑就好。」文儀仍舊笑呵呵的。她走出門前，突然想到了什麼，半張臉從門縫裡擠了進來：「對了，你到處溜達也可以。」

說到這，她頓了頓，語氣裡也沒有了笑意：「但是有些地方，可千萬不要亂進去。」

「什麼地方？」我皺了皺眉。醫院裡確實有地方是禁區，但禁區通常都會鎖上門，病人也進不去。這用得著文儀特意加重語氣叮囑嗎？

文儀認真地說：「所有門上貼了紅紙的房間，都不要進去。」

門上貼紅紙？我眉頭皺得更緊了，這他奶奶的是在跟我開玩笑嗎？俗話說紅白事。結婚是紅事，進醫院和死人都是白事。在醫院的門上貼代表紅事的紅紙，是想要幹嘛？難道代表這個房間裡的病人都病癒出院了？

但既然已經病癒出院了，是好事啊。為什麼還不准別的病人進去？用得著這麼認真地吩咐我嗎？

還是說，這裡邊有什麼醫院獨有的秘密？

文儀讓我再三保證不會進醫院中貼了紅紙的房間後，這才留下輪椅翩翩離去。獨留我一個人坐在病床上，腦子裡仍舊在想著兩件事。

那花園裡飄的黑影。

那些貼紅紙，不准進入的房間。

「真好奇啊。」我嘆了口氣。如今的我經歷了太多，也不是少年了。如果年輕十歲，只是十五六的年紀，肯定會好奇地找一間貼了紅紙的房間溜進去瞅瞅吧。

規矩這東西，年輕時我以為是用來打破的。現在才明白，打破規矩很有可能惹禍上身。算了，睡覺睡覺。

我側過身，看了一眼明亮的窗外。準備睡個舒服的回籠覺。

可任我如何想，都難以想像。當自己一覺醒來時，醫院給我的感覺，全，變了！

第二章 貼紅紙的門

我全身都有些難受，睡意矇矓，眼皮子黏糊糊地黏在一起，自己用了些力氣，怎麼都沒辦法把眼睛睜開。

太睏了。只不過是睡個回籠覺而已，怎麼會睏成這副德行？我的大腦在逐漸恢復意識，緩慢地思索著。

我耳畔傳來了奇怪的聲音。那是一種哭聲，像是剛出生嬰兒的淒厲哭聲。不對啊，自己住的四樓是VIP樓層，不該有新生兒。就算是有新生兒，也該住隔壁樓婦產科上邊的住院部。

更何況，那嬰兒的啼哭聲，哭得太兇厲了。不像新生兒迎接人生的喜悅，反倒像發洩無盡的怨氣。

想到這，我一股毛骨悚然，頓時完全清醒了。再次試圖睜開眼，這次終於順利許多。眼皮子張開了，眼睛裡沙沙的，如同有大量的分泌物。

當看清了周圍的景象，我整個人愣了愣，毛骨悚然的感覺更加強烈了。這是什麼鬼地方？自己不在病房中？我在，哪？

適應了環境的瞳孔看到的是一條走廊，長長的走廊旁是一扇一扇的門。門上掛著病房的號碼牌。顯然自己仍舊在醫院中，離我最近的病房門前的號碼牌上寫著432。這代表，我仍在4樓的VIP病房區。

可我明明在睡覺，什麼時候出了房門，來到了走廊的盡頭？

我向身下看了看，自己坐在輪椅上。雙手有些髒。我看著印有輪椅轉軸痕跡和帶有灰塵的雙手發了幾秒呆，這才反應過來。

難不成，是我自己跑出來的？但是我不會夢遊，從來沒發生過，只是雙手上那明顯的壓痕告訴我，確實是我親手將輪椅移動到這兒來的。

我輕輕拍了拍自己的腦袋，突然又意識到一件怪事。沒睜眼前哭得撕心裂肺的嬰兒啼哭，在我睜眼後的瞬間陡然消失得無影無蹤。消失得那麼驟然，鬧鬼似的，讓人不寒而慄。

「我不會是真見鬼了吧？不，是聽到鬼哭狼號。」我搖頭苦笑，內心非常的費解。醒來後三天明明什麼事都沒發生，歲月安好地等待著病癒。可今天卻驀然變了，又是見到漂浮的沒臉黑影，又是聽到奇怪的嬰兒哭聲。

一切都太過符合所有鬧鬼電影中，鬼即將索命前的徵兆。

「醫院可是陰氣最重的地方，就算鬧鬼我也一點都不會奇怪。嘖嘖。」我自說自話，哪怕自己篤定鬼是不可能存在的，但仍舊感覺有些毛毛的，覺著空氣裡有無數隻眼睛，正窺視著自己。那偷窺感，讓我渾身起雞皮疙瘩。

「回病房吧。」走廊裡燈光明亮，算不上恐怖。不過我覺得這可不算是什麼久留之地，早點康復早點離開吧。我轉動輪椅兩旁的轉輪，準備讓輪椅轉彎。就在這時，自己的眼角猛地映入了一樣東西，整個身體所有的動作，都卒然停頓住。

我一眨不眨地看著眼前的事物，全身甚至微微抖動了一下。

眼前的是一扇門，在走廊盡頭偏左的位置，如果不細心看不容易發現。那扇門沒什麼特別的，有些舊有些髒。在這乾淨到算得上一塵不染的 VIP 樓層，髒得有些格格不入。但令我恐懼的是，門上，有兩個手印。

那手印很熟悉，絕對是我的。

我又將雙手抬了起來仔細觀察。手上殘留的灰塵，不是轉輪椅不小心沾上的。那分明是我夢遊時用手摸那扇門，摸出來的。

從來沒有夢遊過的我在大白天夢遊了。夢遊的時候還明白自我保護，不動到受傷的腿，自個兒爬上輪椅，自個兒將坐在輪椅上的自己運到了這扇門前。還用雙手摸門！

我揉了揉太陽穴，感覺很不可思議。夢遊症有先天性，也有後天性。我大腦在十八天前受過傷，看見幻覺，甚至突然變得會夢遊了，這些都符合邏輯。可自己的夢遊症也應該符合規則才對。

日有所思夜有所夢，夢遊一般都會做些那個人當天不斷想，甚至重複過的事情。例如跑到暗戀的女神家的樓下；將深愛妻子的屍體從墳墓中挖出來；或者摸著室友的腦袋說，好大的一顆西瓜，我的刀呢，切西瓜了。

但是我今天早晨才第一次出病房，就一個人夢遊到了這扇門前。這就有些說不過去了。我根本就沒有對這扇門的記憶啊！

我的眼神上移，當看到了貼在門最上端的東西時，瞳孔猛地縮了一下。

那是一張紅紙，嶄新的裁剪的方方正正的紅紙。

突然想起了小護士文儀在離開我的病房前曾經說過，貼了紅紙的房間絕對不能進。我滿腦袋都是寒意。

你妹的，我雖然對這句話好奇，但我無論從淺表意識還是深層意識裡都放棄了對它的探究。怎麼個夢遊，居然鬼使神差地真跑到了一扇貼著紅紙的門前來了。

我他媽還真厲害。到底是怎麼個夢遊法，才逕直來到這個我完全沒有記憶的地方？這太他妹的不符合邏輯了。

我看著那張方方正正的紅紙，寒氣直冒。最終還是沒有推開門去看裡邊究竟有什麼，甚至究竟是不是裡面的某些東西引發了我的夢遊症。

自己將輪椅轉了一百八十度，轉身遠遠離開了那扇門。可悲催的是，明明走廊只有一條路，我走著走著，居然迷路了！

「沒那麼倒楣吧，醫院裡溜達都能迷路。我剛剛夢遊是怎麼過來的？」我深吸一口氣，覺得這醫院越發古怪無比。

轉輪椅的手更用力了些，我一路向前。用眼睛關注著病房的門牌號碼。由於是VIP樓層，這整棟的病房數量並不多。大約也就十幾二十間。但是我的輪椅順著走廊轉了十來分鐘，硬是沒有走到盡頭。

我的病房在404室。位於樓左側右數的第二間。這棟大樓長大約一百二十公尺，走廊位於中間，兩側都有病房。奇數房間在右側，偶數在左側，很好辨認。隨便用膝蓋想想，一百二十幾公尺，哪怕是我坐著輪椅，十分鐘也夠了。

住院樓左側的佈局我很清楚，一頭就是電梯。剛剛看到貼了紅紙的房間，應該就在樓的最右邊。從窗外照射進來，又從每一扇病房的房門玻璃透入的陽光都在告訴我一件事，日頭已經偏西。

我小酣一下，居然就從早晨睡到了下午快晚上。這實在有些出乎意料。

秋日的醫院走廊，出奇的冷。這也是令我有些難以置信的原因。醫院裡明明二十四小時開著中央空調，怎麼會一陣陣地竄著涼意？那冷氣肆意地在走廊裡遊蕩，猶如無窮無盡的怨恨似的，凍得人全身發涼。

我猶豫了一下，決定喊護士。醫院一片死寂，走了那麼久都沒有看到任何人。沒有醫護人員，也沒有病人。彷彿所有人都消失了般，整個寂靜的走廊，只剩下死氣。

「有沒有人？」我終於喊出了聲：「喂，人都去哪兒了？」

冷不防地剛一喊，就有一道聲音從我背後竄了出來：「小夜，都叫你不要在醫院裡亂晃了。你跑得有些遠啊。」

我嚇了一大跳，轉頭一看，發現居然是酒窩女護士文儀。她依舊穿著粉紅色的護士服，笑盈盈的，兩個酒窩特別迷人。在無人的走廊，她到底是從哪裡冒出來的？

我疑惑地看了看她身後幾眼，這附近也沒有走廊什麼的存在。怎麼一個大活人，就突然出現在我背後？是我太沒警戒心了嗎？

「妳哪冒出來的？」我皺了皺眉。

文儀指了指一旁的病房：「我就在那兒給一個老爺子吊點滴呢。溜達夠了吧，快回你的病房去。營養師說你午飯都沒有吃。這可不行哦，咱們醫院VIP病房裡的營養餐是根據每個人的病情精心調製的，沒有好好吃飯就沒有好的身體，沒有好身體病可好不快。」

酒窩女護士開啟了嘮叨模式，聽得我感覺耳朵旁全是嗡嗡嗡的蒼蠅在飛。

「好了好了，我晚飯的時候，連午飯的份一起吃。」我不耐煩地揮揮手，想要將耳朵邊的蒼蠅趕開。

「就你皮。」文儀撇撇嘴，推著我的輪椅，想要將我推回病房裡。

我問道：「對了，我現在在哪兒？剛剛我一直走都找不到自己的病房在哪。」

文儀不解道：「小夜，你在說什麼亂七八糟的，我可聽不懂。你不是就在你的病房門口嗎？」

我一愣，朝前看了看。果然，幾公尺外的不遠處，病房上赫然掛著「404」房的牌號。這怎麼可能！難道自己早就到房門口了，卻因為找不到路，一直在走廊上來回晃蕩？這絕對不可能，除非是遇到鬼打牆了。

自己百思不得其解，揉了揉太陽穴，覺得頭大。我明明清楚地記得，我在亂喊的時候，自己身旁的病房號應該是416。文儀指著自己出來的病房號是多少來著？

我回頭看了一下，是405。我在不經意間從416號房，來到了405號房門前。不對，怎麼想都覺得不對。VIP間都挺大的，一個一百二十幾公尺長的樓，卻只有不到二十個病房。這意味著，一個病房就佔據了大約十二公尺長。除掉牆壁和護士站、醫生辦公室，每個房間也有九公尺長。

405到416，隔著五個雙數房。也就意味著相隔至少四十五公尺。我哪怕用上吃屎的力量轉動輪椅，半分鐘還是要的。怎麼可能在一瞬間就從416號房跑到了405號房前。難道，我剛剛看錯了？

我又揉了揉太陽穴，感覺大腦暈得厲害。

文儀溫柔地將我推回病房，用呼叫鈴請其他的護士將晚餐端過來，囑咐了幾句後這才準備離開。

離開前，酒窩女護士又在門口停住了。她像是想起了什麼，問：「對了，小夜。

你出去閒悠的時候，有沒有看見過貼了紅紙的門？」

我下意識地否定：「沒有，沒有看到。」

「那就好。千萬不要進去喔。」文儀笑咪咪地走了。

我看著還算豐富的晚餐，沒什麼胃口。視線落在了窗戶外。夕陽染著晚霞，燒紅了半邊天際。秋日的空氣裡，花兒和小草長勢正好。從我的角度望過去，正好能看到花園的一個小角落。

正當我滿懷心事地望著那塊花園發呆時，猛地，一個令我心底發麻的東西，出現了！

那個早晨我放風時在花園裡看過的只有背影的黑色人影，出現在自己的視線範圍內。我瞪大了眼睛，久久地注視著樓下。

原本那個黑色影子飄在一叢小雛菊上，那個角落自己在病房裡是看不到的。可怎麼一個下午我一覺醒來的功夫，影子已經移動了。它是故意移到我的眼皮子底下的嗎？那黑影真的不是我臆想出來的產物？

難道它有意識，有目的？

它，到底想要幹嘛？

我打了個冷顫，用力擺了擺腦袋。那黑影看得我瘆得慌。按了一下床邊的電動窗簾按鈕，潔白的窗簾合攏，關閉了窗外的風景，也隔離了樓下那讓我不適的黑影。

說真心話，說不怕是騙人的。哪怕我經歷了如此多古怪莫名的事件，但是看別人的恐怖經歷和自己親身經歷，親自體會是完全不同的。沒有人會因為恐怖的事情遇到得太多，就麻木了。一山更有一山高，恐怖這種東西，會隨著時間的推移而變得惡化。

我雖然沒胃口，但也知道不吃東西就沒力氣的簡單道理。所以打起精神稍微吃了一些。一邊吃，大腦一邊飛速運轉著。

我在整理今天遇到的怪事情。

首先，我因為腦部受傷昏迷了十五天。今天是第十八天，也是我清醒過來的第三天。為什麼前兩天還好好的，可今天就遇到了怪事？

如果真的是M將我送入這間醫院。對於那個拚命救了我的女孩而言，我假定她應該不會害我。她警告過我許多次，也多次救了我性命。從她數次留給我的紙條裡，字裡行間透露的資訊表明，她心思細膩，也很小心。

既然她是一個小心的人，必然在送我入院離開前，就已經確認這家衡小第三醫院是無害的。否則，就失去救我的意義。

既然衡小第三醫院無害，那麼，今天早晨我看到的漂浮黑影是怎麼回事？為什麼不夢遊的我突然就夢遊了？為什麼我會夢遊到文儀吩咐了好幾次，千萬不要進去的貼了紅紙的門前？為什麼我回來的時候，會遇到鬼打牆？

還有那個黑影，它是否只有我看得到？是否，它盯上了我？

一個又一個的疑惑在我腦子裡亂竄，沒有任何能夠將它們聯繫在一起的線索。我摸了摸鼻翼，突然想到一個問題。為什麼是今天才發生？

如果說昨天之前醫院都是正常的，那麼醫院裡，今天比昨天多發生了什麼事？對，醫院裡肯定發生了某件事，造成了我今天所經歷的異常。

「既然很在意，還是找小護士問一問吧。」我揉了揉太陽穴，按下了護士鈴。如果醫院裡正在發生可怕的事情，按照經驗，不趁早處理的話，那恐怖的力量會非常迅速的蔓延。

一不小心，我就會陰溝裡翻船，死得很慘。

很快，文儀就踏著輕快的腳步推門走了進來：「小夜，什麼事？想噓噓了？」她看了一眼我剩下的飯菜，眉頭微蹙：「怎麼只吃了那麼一些，吃太少傷可好得慢喔。你不想早點出院嗎？」

「你們醫院住著挺舒服的，服務好伙食棒，我還真不想太早走呢。」我笑了一下。

文儀白了我一眼：「你又在皮了。說吧，啥事情？」

這傢伙果然三天就跟我混太熟了，護士妹妹對病人關懷的語氣助詞都省了。

「我想上廁所，順便找妳聊聊天。」我打算藉上大號這個藉口，好好旁敲側擊一下。

「好喔。」護士妹妹笑出酒窩，將我扶到病房對面的洗手間，確定我坐穩了馬桶後，這才走出去關好門。在門外不遠處待命。

我沒有尿意，也不想大號。坐在馬桶上開始有意無意地隔著門跟她寒暄起來。

「文儀，今天你們醫院忙不忙？」

「不忙不忙，我們這私立醫院，你也知道。大夥都愛去公立醫院，專家多值得信賴，而且物美價廉。認為國內私立醫院是莆田系，怕怕的。我都不知道這家私立醫院在春城是怎麼活了那麼多年的。只能說老闆太強大了。」

這娘們倒是直白得很，心直嘴快。

「那，今天這棟樓有沒有什麼病人，讓妳特別在意？」我又問。

「沒有沒有。我負責 VIP 病房，在這一整層樓，住的也不超過五個人。我們四個護士輪流值班，嗑嗑零食聊聊八卦，日子愜意舒服得很。」

我錯了，我跟這個缺心眼的小護士話什子的家常啊。這傢伙我這三天來也摸清楚了，心無大志，一天到晚笑嘻嘻的，其實就是個混日子的。工作範圍外的普通病房，她絕對不會操心浪費時間去關注。

從她身上，恐怕是找不到線索的。要想別的辦法了。

我不死心，有意無意地又問了一句：「文儀，今天你們醫院有什麼新的病人入住嗎？」

門外，那個話癆女護士居然久久沒有回答。

「喂，文儀，」我疑惑的加重了語氣：「妳還在嗎？」

這句話也是廢話，護士的職責讓她不可能扔下腿腳不便的我在廁所裡，自己卻一聲不吭招呼不打地就溜掉。她什麼話也沒回我，這可不是正常現象。

難道，廁所外發生了什麼變故。她，出事了？

一股不祥的預感掃過全身，我連忙用完好的那隻腿撐起身體。手扶著，跳著想要搆著廁所門。生平第一次覺得，你奶奶的，一個廁所而已，那麼大間幹嘛。我跳了好幾步，才勉強來到門前，一扭門把手。

門鎖死了，打不開。

大滴大滴的冷汗，頓時從額頭上冒了出來。

該死，果然出事了。

第三章 廁所驚魂

外面能出什麼事？誰把門鎖住了？是文儀幹的嗎？門外的她，去哪兒了？

一連串的疑惑，衝擊著我的大腦。我用力敲了敲門，乒乒乓乓的敲門聲響徹整間廁所。門外，仍舊什麼回應也沒有。

這太不科學了。我稍微冷靜了一下，回憶著半分鐘前的一切。那時病房裡很寂靜，廁所雖然和外部空間隔著一道門，但是那扇門很薄。而且門的上半部還有一塊直徑五十公分的正方形磨砂玻璃。

用來透光和遮擋隱私的磨砂玻璃品質太好了，無論是從裡邊還是從外邊，真的都只能用來透光。順著玻璃往外看，根本什麼都看不到。

可是聲音絕對能傳出去。我隔著廁所門和文儀說話的時候，病房裡並沒有什麼雜音。也就意味著，文儀既沒有起身離開，也沒有任何人走進來過。

但是護士妹妹一個大活人，怎麼就突然沒了聲息。就連廁所門，也被反鎖住了呢？

我見廁所門沒辦法打開，敲門也引不來任何人的注意。最後只能放棄了。視線往下，看了看門把手。門把確實擰不動，猶如鎖舌被焊住了似的。

咦，不太對！

我低下腦袋，以很扭捏的方式將眼睛湊到鎖前。頓時渾身一怔。鎖和門的縫隙之間只有一個陰影，這就意味著門並沒有反鎖。如果真的反鎖了的話，鎖舌應該有兩個才對。

門，被什麼東西卡死了。

自己在身體上摸索了一陣子，想要找出些東西將鎖舌撥開。穿著病人服的我沒有袋口，自然找不到任何有用的工具。我嘆了口氣，轉身回到馬桶附近，準備在這偌大的足有八平方公尺廁所裡，尋找一番。

就在這時，剛剛還平靜的廁所裡。不知從哪裡傳來了一陣輕言細語。那聲音很輕，如同有好幾個人在遠處說著悄悄話。不時，還在偷偷笑著。

「誰？」我大喊了一聲，耳朵仔細地找聲音來源的方向。

那些說話聲變調了，仍舊很細微，可歡笑聲變成了細細的哭聲。哭得很輕，可是卻帶著無窮無盡的哀怨。哪怕是清風般吹入我耳中，也讓我背脊發涼。

「到底是誰？」我再次加大音量：「聽得到我的話嗎？我是404房的夜不語，能不能麻煩你替我叫護士？我被困在洗手間裡了。」

那輕言細語的主人，沒有回答我。他們彷彿聽不到。只是不停地笑著、哭著、歇斯底里。

漸漸地，我意識到哪裡不太對勁兒。

對，是聲音不太對。一股透心涼的感覺從腳底猛地爬上了後腦勺。這遠處傳來的聲音太不合理了，如果真的是遠遠傳來的，我不應該聽得那麼清楚。或許哭聲和尖笑能聽到，但是那些低語和微弱的話音，是不可能聽得真切的。

那聲音，不可能是從遠處傳來的。那聲音，恐怕就在廁所中。在哪？該死，到底在哪兒？

我越發的全身發涼，腦袋不停地朝著左右前後上下轉給不停。那滴滴細雨般的哭聲、笑聲、咒罵聲、說話聲，魔音灌耳，弄得我快要瘋掉了。

終於，我找到了聲音的來源。

「馬桶。聲音在馬桶中！」我跳到了馬桶前，朝下望了一眼。本來就已經夠恐懼的心臟，險些跳出心膛。

奶奶的，馬桶裡真躲著個東西。一個完全出乎我意料的東西。

我向後猛地退了好幾步，因為右腿不便的緣故，還差點摔倒在地上。

「這不科學啊，馬桶裡，怎麼會有人頭。」我的心砰砰跳得厲害，大口大口地呼吸了好幾下。

馬桶裡有一顆人頭，剛剛被文儀扶進廁所時，明明還沒有的。乾乾淨淨的馬桶蓋被小護士掀開，我曾經下意識地看過一眼。裡邊只有潔淨透明的水和淡淡的消毒劑氣味。

這顆全是流洩黑髮遮蓋著的人頭，是從哪裡冒出來的？從下水道深處嗎？不可能，那顆頭的頭圍很大，根本通不過馬桶的入髒口。但確確實實，灌入耳中的聲音，就是從馬桶裡傳出的。甚至，就是那顆人腦袋嘴裡，發出來的。

恐懼支配了我。一天之內發生了太多我難以理解的超自然事件，弄得我實在不知道該如何反應和處理。

馬桶中的聲音，還在不斷地往外冒。猶如冒泡的髒水，咕嚕咕嚕地污染著我的耳道。

我左右掃視了一下，當機立斷，從馬桶旁取過馬桶疏通器，緊緊握在冒汗的手心裡。麻著膽子再次湊到了馬桶旁。頭小心翼翼地朝馬桶中望了一眼。

就一眼，我嚇得立刻縮回了腦袋。

剛剛還低垂著頭，臉孔完全被長髮遮住看不清楚面容的腦袋已經不知何時轉了過來。一對翻白的眼眸，一對充滿了血絲沒有瞳孔的眼睛，跟我對視在了一起。那雙眼睛裡充滿了怨恨，看到了我後，就死死地瞪著我。

我一口氣沒有理順，險些噎住。那雙眼睛太可怕了，讓我的血液幾乎凝固了。

除了那雙眼睛外，我竟然什麼細節都沒有留意。縮回頭就忘了那顆頭的主人到底是男是女，長什麼模樣。我有一個預感，如果多看那雙眼睛一會兒，肯定還會有更加糟糕的事情發生。那雙眼彷彿就是美杜莎的化身，就算不能將我石化，也會讓我染上厄運，夠我吃一壺的。

我不敢怠慢，下意識地側過臉，將手裡的馬桶疏通器朝馬桶中攪動，使勁兒地想要將那顆頭捅回下水道。

那顆腦袋在馬桶裡嘻嘻說話，笑著，哭著，接著開始咒罵起來。用的話之骯髒污穢，聞所未聞。

我充耳不聽，捅得更起勁了。既然那顆頭會說髒話，會辱罵我，就意味著我的行為是有用的。果不其然，沒過多久，辱罵的聲音沒了。說話聲、低泣聲也不見了。整個洗手間變得寂靜起來。

就連若有若無飄蕩在四周的陰冷壓抑感，也猛地消失得無影無蹤。

我緩了一口氣，鼓起勇氣第三次看向馬桶裡邊。馬桶內的頭不知何時不見的，唯獨剩下一攤黑乎乎的污水，沒有味道。

危險解除了，自己一腦袋的冷汗，一屁股坐倒在廁所地上。突然，耳朵動彈了一下。我猛地轉過頭看向門的位置。

廁所門開了，文儀擠入大半個身子。姣好的身材和被粉紅色護士服包裹的高挺胸部躍入門縫。她見我坐在地上，一臉的詫異。

「小夜，你怎麼了。怎麼好好的馬桶不坐，要坐在地上。還有、還有，我剛剛聽不到你說話，於是又敲門又喊你的，你不但不回答，還把門反鎖了。」女護士眨巴著眼睛，像是想起了什麼，臉色一紅：「那個，該不會是在做什麼羞羞的事情吧？我有沒有打擾到你。」

「打擾妳家的大頭鬼。」我險些沒有風度的破口大罵。

鬼才知道我在廁所裡經歷了什麼事，偏偏這一切，我都無法對她說。就算說了，文儀也不可能相信。

所有的超自然事件都不會無的放矢，今天的衡小第三醫院絕對發生了某種重大的異常狀況。自己必須要將這個異常找出來，否則，老子真的會不知道在什麼時候被醫院裡的超自然事件玩死！

從廁所逃出來，我將廁所門關得死死的。看著這偌大猶如酒店般的VIP病房，頓時覺得烏雲密佈、陰森無比、不由得疑神疑鬼起來。

文儀不可能一直陪著我，雖然見我臉色不太對勁。也只能安慰我幾句，讓我有事情就按鈴找她。這才離開了病房。

房間中，又剩下了我獨自一人。我坐在床上，抬頭看了看頭頂的燈光。明亮的光線將屋子照得透亮，二十幾平方公尺的房間內擺放的東西並不多。一張一百五十公分寬的病床，一張沙發，甚至在靠窗的位置還有個小吧台。

病床旁有櫃子。櫃子上漂亮的水晶花瓶裡，插著新鮮的小雛菊。這酒窩女護士也是無聊，每天都會摘一朵小雛菊換到花瓶中。

我默默地打量了病房一次又一次，最終視線再次落在了病床正對面大約直線距離不到五公尺遠的廁所門前。

關閉的門，和平時沒有任何不同之處。但是剛才膽戰心驚的經歷，讓我心有餘悸。老子是打死都不敢再一個人進去上廁所了。

夜色在吃了晚飯後的流逝中，來得特別快。前不久窗外還能看到遠處的建築輪廓，幾乎眨眼間，就黑了下來，什麼也看不到了。

四樓下的花園一角裡亮起了街燈，我沒勇氣看下方的風景。我怕看到那黑乎乎的，似乎在跟蹤我的沒臉鬼影。

「真見鬼，這該死的醫院裡，究竟正在流淌些什麼可怕的事？」我撇撇嘴，掏出手機連上 wifi，試圖在網路上找線索。

可惜一無所獲。

衡小第三醫院說起來還算風評很好的私立醫院，普通門診的收費價格不比公立高多少。在春城深耕了十六年，醫病糾紛比公立醫院還要少一些。它賺錢的部門就是我所住的 VIP 病房，據說進來住一天的費用異常昂貴。

說到這我可真要感謝那位送我進這家醫院的好心腸大美女M。她真是個富婆，不知道預付了多少錢給醫院的財務部。否則文儀才不會一次又一次義正辭言的感慨，我是不是被春城哪個老女人給包養了。

畢竟看我現在弱弱的模樣，就是標準的小白臉模樣啊。

扯遠了。我並沒有找到醫院的異常，也沒有任何發文提過這家醫院有鬧鬼的情況。對這家醫院的標籤，眾評都是「乾淨」、「整潔」、「護士姐姐漂亮胸大屁股翹」、「服務態度好」、「收費頗為昂貴」。

並沒有什麼值得參考的地方。

所以果然是我自己的問題嗎？醫院沒問題，是我自己因為撞到了腦子，前幾天還沒有顯現出來，只是今天後遺症集中爆發了。

那個看不到臉的鬼影、那在馬桶裡竊竊私語，充滿怨恨盯著我的長髮女人頭。全都是我的幻覺？

這是唯一符合邏輯的答案。

我嘆了口氣，用手敲了敲腦袋。大腦的玄妙至今沒有科學家能探究一二。算了，不杞人憂天了。還是明天醫生查房的時候問問，實在不行再做個核磁共振，看看腦袋裡邊的認知區域有沒有陰影或者積水啥的，腦神經有沒有被壓迫到。

我搖搖腦袋，將心裡的疑惑稍微甩開了一些。拿著手機追了些很久沒看的美劇，無聊地等待著睏意的到來。

時間一秒一秒爬得很慢，人在沒有事情做的時候，總是會感覺時間的流速變緩。可是生理功能完全不會因為你覺得時間慢，尿頻尿急就來得慢。

當手機上的電子數位鐘剛跳過八點一刻的時候，我被尿意佔領了。

看了一眼對面的廁所門，我渾身一抖。總覺得門裡隱藏著無盡的恐怖。自己不久前才發誓，絕對不會再在那鬼地方上廁所。哪怕，兩個小時前的經歷，不過是我腦袋出問題的幻覺而已。就算是酒窩女護士陪著我，她也不可能跟我一起進廁所，笑嘻嘻地看著我噓噓啊。

病房裡的廁所是徹底被我打上了紅叉，廢了。我想了想，一咬牙，決定爬上輪椅到病房外的公共廁所去上小號。這件事沒辦法叫護士，因為我無法跟她解釋為什麼房間廁所明明是好的，我卻要去公廁的原因，只因為我膽小擔心房間洗手間裡有人頭怪物。

腿腳不便的我艱難地移動到輪椅上，轉動輪子，逕直走出了房間。

尿意一陣陣襲來，非常猛烈，我連著打了好幾個冷噤。自己推輪椅的速度更快了些。由於今天才被文儀推著下過樓，我對附近還算熟悉。猶記得電梯旁不遠處就有一間公共廁所，離我的房間很近。

憋尿的難受會讓人逐漸失去理智，我又快了些，大約只用了半分鐘就來到了記憶中的廁所前。視線剛一接觸到廁所的門，腦袋就「嗡」的一聲，身體也猛地頓住了。

該死，這又在搞什麼。只見廁所的門上赫然貼著一張紅紙，那如血的顏色在我的尿急前，顯得那麼猙獰。我不知道該怎麼辦，文儀說所有貼紅紙的房間都不能進去。

但她並沒有說進去後會不會有危險。

我清楚的記得，明明早晨路過時，這洗手間還有醫護人員進出，也沒有貼什麼勞什子的紅紙。

尿憋得太難受了，我快要瘋了。自己面臨兩個選擇，進去，還是不進去。我在門前猶豫了片刻後，倒轉輪椅往回去的路離開。算了，還沒有到山窮水盡的地步，我還可以稍微憋一下。既然VIP病房裡接近二十個房間，只有五個人住著。也就意味著至少十五個房間是空著的，我準備到別的空病房去借廁所上。

不過讓我預料不到的是，自己一連推了好幾個病房的大門。每一扇門都是鎖著的。你妹的，失算了。沒想到衡小第三醫院如此喪心病狂，空房間都不讓任何人佔便宜。

兜兜轉轉一圈，我紅著眼睛回到了公共洗手間前。

現在的我，膀胱已經到了忍耐的極限。我一邊埋怨自己幹嘛喝那麼多水，一邊強忍著尿意。自己十分清楚，我忍不住了，只要一有風吹草動，隨時都會撇幾滴出來。

實在是管不了那麼多了。

「老子不管了。裡邊是刀山還是火海，尿了再說。」我一咬牙最終決定無視女護士的警告，當作看不見廁所門上的紅紙。轉動輪子，狠狠將整個輪椅撞過去，將門撞開，進去了。

燈開著。洗手間很普通，比公立醫院整潔乾淨。牆面和地板都包裹著大理石瓷磚顯得頗為高檔，進門就是洗手台以及電動出紙機，烘手機上貼了「已經損壞，正在維修」字樣的封條。

我沒有找到任意值得注意的地方。我也沒時間去在意，自己一溜煙地進到腿腳不便人士專用的隔間中，歡暢淋漓地長尿了一泡後。這才急急忙忙地穿好褲子準備離開。自己不想浪費時間，多一秒就多一事，雖然看起來這個洗手間很平凡，但誰知道呢。畢竟小護士的警告還猶在耳畔。

自己轉動輪椅來到門前，如同進來時那樣用輪椅撞門。可是這一撞之下險些將我給甩出去。門沒有開！門不但沒有被我撞開，甚至就連撞門的那種切實的感覺都沒有。彷彿我剛剛撞的不是門，而是一扇，僅僅只是畫著門模樣的牆壁。

我吃了一驚，後退幾步，正準備看個仔細到底是怎麼回事的時候。突然，明亮的燈，熄滅了。

整間廁所，都落入了死寂的黑暗當中。

我掏出手機，打開手電筒功能。一束白光切黃油似的，將四周的漆黑割斷。還沒來得及多打量，本來熄滅的日光燈閃爍了幾下，再次亮了起來。

自己傻乎乎地愣在原地，手裡的手機還不知所措地亮著光。再推門時，半分鐘前還推不動的門也能推動了。

我直到離開了廁所後仍舊迷惑不已，不停地往後望。廁所的門上仍舊貼著紅紙，燈光下那紅紙紅得發亮，帶著陣陣冷意。

感覺自己快要被這家醫院玩壞了。我回到404房，躺在病床上沉默不語。

「算了，睡吧。早點離開這鬼地方。」沒有別的辦法，我帶著千萬個疑慮閉上了眼睛。在心中暗暗下了決定，明天不管怎麼樣，都要去照個CT。

如果證明我的腦袋真的沒問題的話，就該從醫院方面下手找找原因了。否則，誰知道還會發生什麼可怕的事。

一夜無話、輾轉反側。熬了很久才感覺第二天的太陽照在我臉上，就連醫院裡潛伏的暗霾，彷彿也被那少有的暖陽驅散了許多。

我從床上坐起來，下意識地看了一眼樓下，頓時呆了。

第四章 潛伏

樓下花園的一小角，原本從我的角度看，昨晚還留在視線正中央的無臉黑影已經不見了。我心裡一喜，立刻又變得透心涼。一股更加不祥的預感衝擊了我，自己從床下爬到輪椅上，推著輪椅來到窗戶邊上。

黑影再次出現在我眼眸中。這一次，它來到花園通向住院部的後門附近，似乎想要進來。

我的眼裡全是恐懼。這他奶奶的太真實了，真的只是我腦袋出問題看到的幻視？

三兩下將文儀端進來的早飯吃光後，文儀推著我出了房門，滿臉地不解：「小夜，你前幾天才照過 CT，醫生沒有發現問題。大腦應該恢復了啊，你為什麼今天一大早還要堅持做腦部掃描。掃描做多了可不好，有輻射。」

「一年做兩次腦 CT 沒大礙。」我簡短回答。

「你今早可沒什麼精神。昨晚沒睡好？」酒窩女護士關心地問。

我點頭：「作了個噩夢。」

「真巧，昨天我也在護士站作了個噩夢咧。嚇慘了。」文儀露出可愛的笑。

她臉上雀躍的表情一點都沒有害怕的跡象，顯然是想我問問她夢到了什麼好打開話題哄我，讓我高興一些。可惜我實在沒那個興致。

談話陷入了僵局和沉默中。

腦掃描的部門在門診樓，要從住院部出去，從後門穿越過小花園是捷徑。當文儀推著我打開住院樓的後門時，我的瞳孔一縮，死死地拽住了輪子不放。

輪椅猛地停了下來。

雙向開的那兩扇門因為我的停止，不斷因為慣性而左右擺動。每一次張闔，都會露出門後的風景。小花園在陽光下無比宜人，可我卻無心看風景，只覺得通體發涼。因為在我的眼中，門背後赫然飄著一個背對著我的黑影。

那黑影在早飯前，還離後門足足有六七公尺遠，可不知何時竟然來到了後門通道口。只要我出去，就一定會和它撞個正著。

一縷陽光爬在地上，穿透了黑色的影，顯得那麼的詭異。

我的額頭上滿是冷汗，那是活生生嚇出來的。

文儀詫異地問：「小夜，你幹嘛拉住輪椅？」

「走正門。」我搖搖腦袋，儘量裝得很平靜：「小花園裡太顛簸了，走著不舒服。」

酒窩女護士果然看不到黑影，儘管她離那背對著我們的影只有三公尺不到的距離。自己隨便找的藉口顯然沒有解除文儀的疑惑，但是她挺尊重病人的想法。將我的輪椅轉一個彎，朝相反的正門推去。

住院部的正門外是前停車區，以及幾個大型的歐式噴泉。不時有鳴響著警笛的救護車開進來，人來人往很熱鬧。看到這麼多人，我稍稍安心了些。

順利進了門診樓，做完腦 CT 後文儀接了個電話，就急急忙忙離開了。說是要去負責 405 房的古怪老爺子。自己的結果要半個小時後才能拿到，我便在門診的六樓獨自等著。

今天的衡小第三醫院很熱鬧，很少有私立醫院突然來了那麼多病人的情況。醫院醫生都因為這些異常而交頭接耳，顯然是都出乎意料。

我皺了皺眉，忍不住問了一個端著水杯走過來的白大褂：「醫生，出什麼事了？今天怎麼那麼多病人來？」

「說來也好笑，市區裡的一家醫院不知怎麼的，前幾天去食堂裡吃過飯的人全都出現了疑似食物中毒的現象，上吐下瀉的。許多病人不再信任那家醫院，紛紛往附近的醫院轉院。我們衡小也接受了一部分轉院過來的病患。」醫生樂呵呵地說到這裡，眉眼間卻又帶著一絲疑慮。

顯然，事情並沒有他說的那麼簡單。

在我的視線中，這位中年白大褂來到了化驗室，等取了厚厚一疊化驗單後，臉色突然變了，本來輕鬆的心情也沒了，大馬臉陰沉沉的，心事重重的匆匆小跑著離開。

我的心咯噔一聲，湧上了一種非常糟糕的預感。等自己的腦 CT 結果拿到後，我簡單地看了一下總結診斷。

不用醫生看都知道，並沒有問題。我的腦部既沒有積水、也沒有創面、更沒有腫瘤。如果真的有幻視幻聽想像的話，應該能在CT照片上看出來陰影。

什麼都沒有，這結果很讓我驚悚不已。因為那意味著，我昨天一整天經歷的詭異事件，今天早晨看到的那越來越近的黑影，全都不是臆想或者幻覺。

那都是，真的！

他奶奶的，全都是真的。難道這家醫院，真的鬧鬼了？我也真的見鬼了？

雖然難以置信，但是自己的所有科學知識都在這醫院裡的異常現象中失靈了。我有些無所適從，就連穿過醫院的風，都感覺帶著一股涼颼颼的陰森。

為什麼從前從來沒有人提過這家醫院鬧過鬼？為什麼，那些鬧鬼現象，只有我能察覺。那神秘的朋友M，將我獨自留在衡小第三醫院，難道真的沒有別的用意嗎？

我失魂落魄地等了小護士文儀一段時間，她完全沒有回來的跡象，不知道跑哪兒忙去了。自己乾脆轉動輪椅離開，準備回病房。

按下電梯按鈕，走入電梯中。下沉的廂體只運轉了一層就打開了，五樓進來了一大群大學生，他們手裡拿著幾張單子，雀躍得嘰嘰喳喳，不知道在交流著什麼。聽了一陣子我才清楚，原來他們都是志工，來醫院裡修學分練習社會經驗。

本來也沒有太在意這些人，可在人堆裡一道閃過的東西，卻讓我瞳孔一縮。那是一個年輕女子的身形，背對著我，背影凹凸有致非常誘人。不過這不是重點，重點是女孩穿著襯衫，袖口露出了一大截雪白纖細的手腕，她手腕上戴著的一串奇怪的珠子，被電梯裡的光一照，閃閃生輝。

我倒吸一口涼氣。自己記得這串珠子，記憶裡一個熟人就戴著它。我死死地看著珠子，判斷了好一會兒，確認著珠子上的每一個細節。

沒有錯，是同一串珠子。雖然有著檀木的紋理和顏色，但實質上是桃木。那珠子之所以有檀木的顏色，是因為年代久遠，歷任佩戴者貼身戴著，被皮膚摩擦打磨氧化，形成的一層保護膜。

這串珠子，怎麼在一個我感覺陌生的背影身上。戴著熟人珠子的女孩身影被眾人掩蓋了一大部分，僅僅留下的部分我識別不出身分，也覺得並不熟悉。全程，那女孩也沒有說過任何話。

直到電梯到了三樓，門緩慢地打開。

電梯裡的志工大學生魚貫著湧了出去，我微微一遲疑，也推著輪椅出去了。自己想要確定一下，那女孩，是不是就是記憶中的她。

如果真是她的話，那傢伙，幹嘛會來這裡？難道這家醫院，真的有問題？

推著輪椅跟著大學生離開電梯後走了一段路，來到了走廊的盡頭。盡頭有一扇門，門外是通道通往另一棟樓。我走過走廊後，看到了門口掛著一個牌子——舒緩治療部門。

我微微皺了皺眉頭。

舒緩治療部門，也就是俗稱的安寧病房。並不是每一家醫院都有。所謂的安寧或者舒緩治療，其實一句話概括，就是病重了沒得救了，進裡邊去就是等死的。醫生和護士以減少病人的痛苦為主，讓病人能尊嚴地走過人生的最後一段路。

住進安寧病房的病人們，通常的存活時間，不到三個月。

這種部門一般大醫院才會設，不過衡小第三醫院屬於私立，以中高端服務為建院宗旨，所以他們家規劃了安寧照護並不讓我意外。

安寧病房裡本來靜悄悄的，但是那群大學生進去後，就如同平靜的油鍋裡倒進了冷水，頓時沸騰起來。

這些大學生志工帶著喜氣洋洋，被護士領入會議室裡。大概是要為志工進行簡單的講解和病人的簡潔介紹。

那個我在意的戴著手鏈的女孩也進去了，她在人群裡不吭聲不出氣，完全沒有存在感。自己全程沒有看到她的臉。

不死心的我也想混進去，可是一看自己的穿著，頓時打起了退堂鼓。我還穿著白色的病人服，真進去了搞不好會被護士看到，推回原本的病房。到時候鬼知道那女孩會不會杳無音訊，再也找不到了。

不行，必須要換裝。

我眼睛咕嚕一轉，偷偷跑到醫護人員的休息室裡逛了一圈。找了一套合適的男性醫生備用衣褲穿上後，覺得沒問題了，這才重新回到會議室。

偷偷推開會議室的門，轉動輪椅進去。

大家都在交流，見到門打開，眾人眼神齊齊地落在了我臉上。我有些悶，都轉頭了，就那個我想要看清楚臉的女子，她仍舊用手撐住下巴，青蔥似的五根指頭，遮住了大半部分的面容。連側臉都沒留給我看清。

「抱歉，我來晚了。大家別在意我，請繼續。謝謝。」我對所有人點了點頭，轉動輪椅溜到了會議室後邊的角落中。自己找的這個位置很巧妙，離那女孩不遠不近，本以為能順利地看清楚她的臉。不過自己再一次失算了，女子將頭低下去，拿起資料認真看。剛巧躲過了我的視線。

你妹的，她真不是在故意躲我？

志工會一個一個走上台介紹自己，我很有信心。自己在電梯裡就已經聽明白了，這些志工來自春城的各所大學，互相都不認識。而且結構鬆散，根本沒有想到會有人那麼無聊冒充著混進來。

「我叫吳麗，今年二十歲，大二。我讀社會學，已經做志工兩年了。」叫做吳麗的女孩長相普通，但是很有活力：「我熱愛志工活動，每次作為志工去幫助需要幫助的人，我就覺得自己對這個社會有所貢獻，心裡暖暖的，很開心。」

吳麗介紹完自己後，回台下坐下。按順序，她身旁的一個男生也站起身介紹了自己一番。

很快大多數人都介紹完了他們，輪到了我。

我推著輪椅，來到了台上。開口說話前視線掃過所有人，你太奶奶的，我險些破口大罵。那個女孩就在我視線不遠處，我正面對準了她。

可是自己看到了什麼！我簡直要氣得肝都爆炸了，那傢伙，竟然名正言順地在一群有大愛的志工眼皮子底下，用資料手冊擋住了自己的臉。就如同上課的時候用課本擋住自己偷偷看小說似的那麼惡劣。

不，她當下的行為比這可惡劣多了。

那女孩竟遮著腦袋睡起覺。她腦袋是缺一根筋還是聽別人介紹自己感覺太無聊了？覺得無聊的話，來當志工幹嘛？

我皺著眉，內心的怒火和憋屈熊熊燃燒。可奇怪的是，那女孩在志工交流時睡覺的行為，彷彿所有人都沒有注意到，只有我察覺了。

心裡一怔，我搖了搖腦袋。在台上一直開口說話也不好，眼看著大家都眼巴巴地盯著我的嘴皮子。我只好介紹起自己來：「我叫，夜不語。」

我用了自己的真實名字。自己的眼睛一眨不眨不動聲色地盯著那個腦子不好使，居然在睡大覺的女孩身上，注意著她的一舉一動。

聽到我名字後，她完全沒有任何反應。甚至睡得更香了。天啊，她都睡到打鼾了，周圍的人竟然完全不在意。這太不科學了。

嘆了口氣，我繼續胡吹亂侃：「大家也都看到了，我的腿瘸了。在我還沒有因為那次事故瘸腿之前，我是個自私自利的人。不愛學習，不勞動，每天混吃等死。這樣的我，也在瘸腿後失去了人生的目標。我走不動了，突然覺得沒有了人生的意義。尋思著，乾脆死了算了。」

我的褲腿將石膏遮得嚴嚴實實，所有人都看不到。再加上坐著輪椅，冒充一下殘障人士還是沒啥問題的。

大家被我曲折的故事開頭吸引了，紛紛撐起身體仔細聽。

「瘸了腿，我女朋友也跟我分開了。這就更加重了我尋死的決心。我準備了安眠藥，準備一了百了的時候。一個大學生志工走進了我的生活，她開解我，幫助我，鼓勵我，讓我振作。希望我身殘志堅，走出人生的陰霾，重新回到生活的正軌上。」

「我很感謝那個女大學生的幫助。她幫助了我很久，每天都來醫院看我，在我的心裡留下笑容，在我的床頭上留下一束漂亮的花。後來我的心理健康正常了，她跟我告別，要我好好活著。自始至終，她都沒有告訴過我她的名字。或許現在，她仍舊活躍在志工群中，幫助其他生活受到挫折，想不開準備自殺的人們吧。」

我的語氣頓了頓，聲音又大了一些：「雖然我不知道她的名字，但是她的姓，偶然聽她的夥伴提到過。應該是姓——游！」

說到「游」這個字，我的聲調更大了。台下那個用資料擋住腦袋的女孩，卻仍舊睡的香甜，依然沒任何反應。我實在是沒轍了，準備匆匆將虛假的經歷講完，想想別的辦法去瞅她的正臉。

「因為那位游姓志工的幫助，我感受到了人世間的光輝，明白了人間冷暖。我變得堅強。我認真地參加復健，雖然腿仍舊沒有好，但我的心靈已經受到了拯救。我藉著輪椅，以及那位游姓志工借給我的力量帶著滿滿的幸福活下去。不止如此，我也想用我微薄的力量，去拯救其他需要拯救的人。」

「我也想當志工，一如那位游姓志工那樣幫助我似的，去幫助別人。謝謝大家。」

我胡亂編出來的經歷贏得了大家一片掌聲，甚至有女生不停抹著淚，感動得眼眶微紅。掌聲經久不息，音量巨大，可那台下睡覺的女孩竟然完全不受噪音影響。睡得死死的。

我心裡已經有無數隻草泥馬跑了過去。這混蛋是幾天沒睡了，這不叫睡覺，都快趕上休克狀態了。

自始至終，所有人都自我介紹完畢後，那女孩也沒上台過。大概是我進入會議室前，就已經先自我介紹過了。真是有夠倒楣的。

我在內心中吐槽不止，直到被醫院的護士帶出會議室。護士各自領著志工進入安寧病房的深處，開始分配志工進入即將走入人生最後一段路的老人的病房，進行撫慰心靈的交流活動。

對於這些老人，志工們其實什麼都做不了，提供的幫助也有限。只能依靠自己的青春活力來降低將死老人們對死亡的恐懼，只能傾聽老人們的喋喋不休。

不知道那女孩被分配到了哪裡。但是我很快就被分配到了一間病房中，在我進去前，護士愣了愣，顯然欲言又止。

「護士小姐，妳有什麼要吩咐我的嗎？」我連忙問。

護士小姐咬了咬嘴唇：「這個病房裡住著嚴先生，他那個，脾氣有些古怪。夜先生請你要儘量忍忍。」

「多古怪？」我撓了撓頭。

「這樣說吧，他把許多志工都罵哭過。不分男女。」護士小姐苦笑。

「明白了。」我聽懂了，推門走了進去。心裡暗下決心，等會兒在裡邊待幾分鐘就溜。再跑去好好尋找那個女孩的蹤跡，搞清楚她究竟是不是我猜的那個人。

可沒想到，失算的事情在這家醫院一次又一次發生。我在進門的瞬間，感覺眼前有什麼東西一閃。彷彿是一層陰影籠罩了陽光，之後讓人沒來得及反應的時候，又移開了。

我疑惑地推著輪椅來到了病房中，一看之下，大吃一驚。

第五章 刻薄老頭

安寧病房都是一人一間，環境相當好。房間中央有張白色的病床，床上躺著誰我根本沒看。自己的視線完全被右側的洗手間吸引住了。

洗手間的門開著，裡邊堆積著一些亂七八糟的老人用品。可就在敞開的門口，赫然有一個黑色的影子。

那個黑影沒有臉，只有背影。它彷彿背對著我站著，可自己卻有一股莫名的窺視感。就如同那黑影，已經發現了我能看到它。

我的心一涼，連忙不動聲色地移開視線，眼神幾變，視線透過它裝作被洗手間裡那一堆用來做飯的鍋碗瓢盆震驚住了。一邊緩緩地移動眼睛，一邊觀察著病房。

內心卻早已翻江倒海。剛剛明明還在花園，堵住住院部後門的黑色影子，怎麼突然就跑到隔了一棟樓的安寧病房來了？它什麼時候進來的？難道剛剛我覺得眼前一黑的幻覺，就是影子溜進來的瞬間嗎？

它，為什麼進入這個老人的房間？

一連串的疑惑讓我心臟亂跳，我大氣都不敢呼。那團人形的影子沒有臉，但是我能感覺那股窺視感一直在我身上繞來繞去、久久不散。這家衡小第三醫院，流淌著的詭異氣氛，亂流似的，越來越可怕了。

強自平靜了接近十秒鐘，還沒等我緩過來，坐在床上的人已經不耐煩了。

「喂，小子，張護士叫你進來就是讓我看你裝白痴的哇？」一個充滿著煙草氣息的南方口音響起，接著一個硬硬的東西打在了我肩膀上。

我猛地抬頭，只見床上的老人硬著脖子半坐著。他的長相很刻薄，乾枯的面容，瘦得皮包骨頭，腦袋上的頭髮全掉光了，頭皮癟得像是顆風乾的柚子。

老頭尖著嘴，用一根拋棄性的筷子扔我：「喂，你啞巴了哇。張護士咋個喊個啞巴來，快點給老子過來。」

我有些生氣，難怪護士讓我忍著，這老頭的脾氣估計還不止有一點壞。自己沒計較，餘光一直有意無意地注意著那團黑影的動靜。轉動輪椅，來到了病床邊上。

老頭倒是不客氣，熟門熟道地把手伸了過來：「握著吧。」

一副賞賜你的表情。

志工一般跟安寧照護的老人談話聊天，都是需要有身體接觸的。普遍都會用雙手握住老人的手，用體溫來慰藉老人們冰冷的心。這老頭大概經常與志工接觸，挺上道的，就是嘴巴毒。

看著他那雙不用化裝都可以扮演恐怖片中，伸出棺材的鬼爪子的乾枯的手，我不情不願地握住。

「喲，少見。還來了個殘廢的。我這個老頭子都要死了，至少死的時候還好手好腳的。你看你年紀輕輕的，腿就沒了，咋個過下半輩子，哪個姑娘願意嫁給你。可惜你這張好臉咯。」老頭子說得很刻薄，見我坐個輪椅，竟然幸災樂禍地笑起來。

我沒搭理他，眼睛掃到了老頭的床頭櫃上。上邊放了一個小花瓶，花瓶裡插著幾根小野花，顯得很別致清新，應該是護士從花園裡採摘來插進去的。再上邊貼著老人的名字——嚴勞。

而右邊的床頭櫃上，擺放著小魚缸。魚缸裡盛了些水，養了一隻挺小的烏龜。不過這只烏龜有些怪，不時在魚缸裡爬溜著，有氣無力，漫無目的。就連放在魚缸底下的食物也沒有吃，估計是眼睛有問題。

「你在看我的烏龜？」嚴老頭乾笑兩聲：「這隻烏龜好看吧？是我從樓下花園的池塘裡撿來的，跟你一樣，也是殘廢。牠眼瞎了，我和牠正在比誰活得久。」

「牠大概沒你活得久。」我淡淡道。都說烏龜命長，不吃東西也能活許多年。這是假的，一隻烏龜眼睛瞎了，就徹底失去了生存能力。看不見的烏龜找不到食物，就連餵到嘴邊大多數都不會吃，只能餓死。

魚缸裡的烏龜不知道餓了多久，恐怕過不了幾天就會死了。而嚴老頭，雖然模樣可怕，但精神還不錯。至少能諷刺人，就證明腦活力還算正常。

聽我開口說話，嚴老頭來勁了：「我就尋思著怎麼張護士也不該給我安排個啞巴志工，你果然能說話。不錯不錯，不然又瘸腿又啞巴的雙重殘廢，這輩子就徹底涼了，活著恐怕還不如我這個要死的。」

我聳聳肩膀：「爺爺，你再跟我說說你家烏龜的事情。這烏龜挺可憐的。」

自己一邊跟他搭腔，一邊側著坐，用餘光打量那人形黑影。黑影的腳挨著地面，卻沒有踩地，腳尖大約離地面有幾公分。這團影別人都看不到，我甚至不清楚，影子到底是不是傳統意義上的鬼。

一般而言別人看到這東西，恐怕都會歸納為死在醫院裡的鬼魂一類的玩意兒。但是這團影明顯不同，它似乎，是真的會思考。

只是目的不明。

「我這隻烏龜啊，有意思得很。撿到牠的時候，牠幫了我天大的一個忙。我就跟牠說，這輩子我養牠了。」無論嘴多刻薄的老年人，都有在乎的東西。既然沒什麼聊的方向，那麼跟養寵物的人聊寵物話題，應該是很妥當的。

果然談起了自己的老烏龜，嚴老頭的話頭就來了：「我跟張護士說好了，我和烏龜兄弟一定要一起死。假如烏龜先死了，老子就絕食自殺。如果我先翹辮子了，便給烏龜兄弟打一針安樂死。張護士居然不同意。格老子！不過就是叫她殺一隻烏龜嘛，還給老子一臉為難。」

說到這，嚴老頭一把牢牢地抓住我：「要不，小兄弟，你幫我殺這隻烏龜？」

我被他突然一抓嚇了一跳，視線轉到了他臉上：「這個，我也不知道您老什麼時候會死啊。您死的時候，我又不一定在身旁，怎麼幫你殺烏龜？」

「沒關係，你就先答應吧。小兄弟。」有求於人了，這古怪老頭語氣就柔和了，就連對我的稱呼都升級了。

我笑了笑，沒敢答應。

嚴老頭見我沉默，立刻再次罵罵咧咧不止不休。真正用污言穢語罵了我十分鐘。我也沒理他，悶著腦袋等他罵。耳朵沒有接受他的聲音，眼睛的餘光一直在房間裡繞來繞去，留意著黑影的一舉一動。

黑影在我們談話的時間流逝中，靜悄悄地朝著病床擠過來。我完全無法判斷它是怎麼移動的，每一次，只要視線一離開它，它就已經離床近了一些。

「媽的，沒用的東西。你都殘廢了還這麼沒擔沒當的，一個瀕臨死亡無兒無女無妻的老人的最後請求都不願意尊重。小子，你這輩子也就這樣了。」嚴老頭哼哼唧唧了好一陣子，見我什麼反應都沒有，終於住嘴了。

他嘆了口氣：「算了，懶得罵你了。你娃木訥得很，罵你就是浪費口水。小子，你叫什麼名字？」

「夜不語。」

「夜小夥子，你還算是不錯的。老子的床邊上沒有哪個志工能待夠十分鐘。」嚴老頭重重的靠在床頭上：「你都待了半個多小時了。很行了，就你這溫水脾氣，以後結婚了只有被婆娘欺負得在腦袋上撒尿都不敢伸搖桿。」

我脾氣好？我突然想笑。可突然又是一驚，就在聽他說話的當口注意力一分散，視線中緊緊追蹤著的黑影，陡然不見了。

那團黑影，消失了。該死，它怎麼消失的？去了哪兒？

我東張西望，震驚地險些站起身來。

「喂，你娃望著哪兒看？」嚴老頭見我目光亂晃，又罵了起來：「看老子。就表揚了你娃幾句，你就神采飛揚地要上房揭瓦了喋。看我，看我！」

我的視線只好集中在他的老臉上。這一看之下，自己險些魂飛魄散。整個房間，突然就變暗了，嚴老頭乾癟的臉，也蒙上了一層黑黑的陰影，充滿黴氣。

「怎麼天暗下來了？」老頭奇怪地晃著腦袋，看向窗戶。窗外陽光明媚，一絲絲的日光照射在安寧病房的外牆上。有一些光透過玻璃爬入了房間，可就是這些明明應該照亮黑暗的光線，變暗了。

那些光和嚴老頭的臉，都蒙著一層灰敗。

我不清楚嚴老頭的眼睛裡看到了什麼，但是在我瞳孔倒影的世界中，卻是別有一番驚悚的景象。剛剛失蹤的黑影來到了窗戶邊，陽光透過玻璃透過它，投射進房間，擋住了大部分的陽光。

黑影意外地沒有再飄在離地幾公分的地方，反而倒掛在天花板上。黑影頭上那一縷一縷的頭髮絲似的物體，竟然也像是受到了地心引力一般，如瀑布般垂下。

「老子眼睛硬是要死了，明明大太陽天氣，都看不清楚咯。」嚴老頭抱怨著，按下床頭邊的電燈開關。

一束亮光，頓時照亮了朦朦朧朧的病房。

我震驚地看著窗戶前的倒掛黑影，甚至忘了掩飾自己的視線。那黑影注意到我了，它沒有臉的腦袋緩緩地向我轉過來。一時間，我彷彿看到了明明沒有眼睛的那團影中，什麼亮了一下。就在那一瞬間，我的魂都恍惚了，大腦一片空白。

嚴老頭一巴掌敲在了我腦袋上，將我的魂勾了回來：「小子，別亂看。」他的聲音裡帶著一股嚴厲。

我渾身一震，看著他的老臉，頓時起了疑惑。怪了，這老頭每次見我看那團黑影的時候，都會有意無意地將我的注意力吸引過去。難不成，他，也看得到？只不過一直揣著聰明裝糊塗。

老頭伸手摸了摸床頭櫃上的魚缸，感嘆道：「烏龜兄弟，看來我真活不了多久了。」

「小兄弟，你知道烏龜兄弟幫了我多大的忙嗎？」嚴老頭又看向我，語氣柔和了些。

我搖頭。

「牠幫我撿到了，比我的命還要重要的東西。」老爺子從衣服口袋裡掏出了一樣東西，那是鄭重地用塑封袋抽真空裝好的，一張五十塊錢的紙幣。

「村有六畝地，天命之年，翠英留下五十元作為紀念。錢上的編號是我們的相遇日。」嚴老頭摩挲著那張哪怕是塑封好，也仍舊顯示出歲月痕跡的紙幣。那張錢，不知道在他口袋裡揣了多少年，也不知道他摸了多少次。

天命之年一般指人到五十歲，看老頭的模樣應該也有八十多了。那個叫做翠英的女子三十多年前送的紙幣，竟然值得他如此珍藏。顯然那女子和他的故事，恐怕不止跌宕起伏那麼簡單。

不過這並不是我在意的，我只在意他是不是真的能看得見黑影：「嚴老，您，能看見？」

「看見，看得見啥。我太老了，眼睛都要瞎了。」老頭哼哼了兩聲，又開始講起了他和翠英的故事：「我和翠英從小就青梅竹馬，在八歲的時候就決定要共度一生。可惜我太窮了，她媽媽在她十五歲那年，以五十塊錢把她賣給了外村一個四十多歲的光棍。」

「我們想要私奔。可是，當年封建迷信思想太重，村裡村外的事物都是村裡鄉紳守舊派把持，哪裡都容不得私奔的人。我讓翠英等我，我努力掙錢救她出來。這一等，就是三十五年。直到我們都五十歲了，我終於掙了大錢，她的死鬼老公也死了。我們終於可以在一起了。」

嚴老頭淚流滿面：「可是造化弄人，有情人終不成眷屬的多。翠英最後得癌症死了，臨死的時候，送了我這一張五十塊的鈔票。我們一輩子不能相婚相處，就是因為這五十塊。錢啊，真是害人不淺。」

我摸了摸鼻子，對他的故事一丁點都不感動。當年的時代如同嚴老頭的遭遇簡直多了去了，我老爸老媽當年的故事更加恐怖可怕，也沒見我自殺啊：「嚴老，你的房間裡，是不是有什麼別人看不見，只有你和我看得見的東西？」

我拚命打斷他的回憶，也不想隱晦，直接問了出來。

「什麼看不見的東西，那是我的翠英。是我的翠英來找我了！」嚴老頭吹鬍子瞪眼，看向了倒掛著的黑影的位置。

我瞪大了眼。他眼睛所指所看，確實是黑影的所在地。那黑影拖著長長的髮絲，沒有臉，帶著陣陣冰冷和詭異，怎麼看都不像是好東西。這怎麼就變成了他的翠英？

自己有些茫然。難道，那黑影真是來找他的？他對翠英的頑固思念，在某種超自然力量的催化下變得具象化了。

可我，為什麼也能看得到他的翠英？為什麼他的翠英，會出現在花園，會跟蹤我來到住院部後門？為什麼是一團黑影的模樣？還是說，他眼中的黑影，其實並不是黑影。而真的是他朝思暮想的翠英的樣子。

只是在我看來，是一團陰影罷了。

疑團在逐漸變大，我皺著眉頭，總覺得哪裡不太對勁兒。

「你是真的能看得到你的翠英？」我問：「那它，現在在幹嘛？」

「她在看我呢。她一定是知道我時日不多，從黃泉路上過來，接我一起走。」嚴老頭入迷地看著那團黑影，張著嘴巴，眼神裡全是迷戀。

我也緊張地看著那團黑影，它腳踩天花板，全身弓著，違背地心引力緩慢朝著老人的床移動。奇怪的是它移動的速度極慢，比蝸牛快不了多少。如同有什麼東西，在阻礙它移動。

當它移動到接近床大約一個手臂遠的距離時，黑影不動了。它的身前似乎出現了無形的障礙。它在天花板上轉起了圈，病房裡越發的陰冷詭異，冷得我不住的發抖。

也不知道是真的冷，還是單純的心裡發涼。

黑影長長的頭髮在空中垂吊、晃蕩，每一根都像是觸鬚，海帶般想要衝破面前的無形阻攔，將老人纏住。可是每一次，都無功而返。

這攻擊的姿態，哪裡可能是嚴老頭老情人的鬼魂。如果那真是鬼魂的話，也是冤孽千年的怨鬼，來索命了。

我不寒而慄，偏偏什麼也做不到。幸好那黑影並沒有攻擊我，也彷彿聽不見聲音。

它始終無法靠近嚴老頭，我低下腦袋，看向地面。那一層黑影與床之間的阻隔物，在自己的觀察中終於發現了端倪。那層無形能量，就是從地面產生的。

但是地面乾乾淨淨，我沒有找出線索。

「現在呢，嚴老，你的翠英在幹什麼？」我問。黑影那明顯的攻擊動作，我就不信他是真眼瞎了，看不到。

嚴老頭嘆了口氣：「或許是我壽命還沒到。翠英還不能帶走我，我還有陽壽，死人是帶不走活人的。今天，委屈她又白來一趟了。」

我在心裡想罵人。都說情人眼裡出西施，這老頭把可怕的黑色人影看成老情人就算了，居然還在惋惜那怨鬼般的恐怖存在沒辦法帶走自己。咦，不對，他剛剛說又委屈她白來了一趟。

自己倒吸了一口涼氣。這句話的意思很明確，黑影，並不是第一次來。而是來找他很多次了！

該死，如果這是真的，就意味著我一直以來的猜測，有巨大的漏洞。

「嚴老，翠英第一次來找你，是什麼時候？」意識到了這一點，我頓時口乾舌燥地問。

嚴老頭偏頭想了想：「一個禮拜前吧，在一個也是如此陽光明媚的早晨。她突然出現在我眼前，剛開始還只是一團影子，把老頭子我給嚇了一大跳。可她每天都來，影子越來越清楚，最後我終於看明白了。那是我的翠英，那是苦了一輩子，等了我一輩子的翠英。翠英啊，妳給我的五十塊，我還留著。我還留著咧！」

黑影終究沒能靠近嚴老頭，逐漸消失在了空氣中，再也沒有蹤跡。

我看得目瞪口呆，傻乎乎地待在原地。黑影，最開始出現是在一個禮拜前。我在衡小第三醫院昏迷了十五天，這是醒來的第四天。前兩天沒看到什麼黑影。可黑影出現的時間，確實在我昏迷期間。

這就意味著一個很大的問題，醫院出現變故的時間，要推到七天前。七天前，這家醫院，究竟發生了什麼。為什麼嚴老頭能看到黑影？為什麼我也能看到那團黑影？不，還有一個問題亟待證明。那就是他看到的黑影，和我看到的花園裡跟蹤著我的黑影，真的是同一個嗎？

自己失魂落魄的都不知道怎麼離開嚴老的病房的，可是心中的最後一個疑問，在我踏出病房的那一刻，居然得到了解決。

回到安寧病房的走廊上，我被眼前的一幕驚呆了。臉色煞白，一動也不敢動，甚至連呼吸，都如停止了似的，艱難無比。

走廊上，幾乎每一扇門前，每一個病房前，都出現了一個黑色的人形陰影。從病房裡出來的大學生志工們和黑影擦肩而過，有的人敏感，碰到黑影後縮了縮手大喊好冷。他們接觸到黑影的皮膚，本能地冒出了一層雞皮疙瘩。

安寧照護三十個病房，除了空著沒人住的房間外，都被黑影擋住了門。黑影想要從門外進去，一個一個，看得我遍體發涼。但最令我意外的是，每一扇門前，都有一股無形的力量，將影子從房間裡往外推，阻擋它們進入。

我傻呆呆地坐在輪椅上，直到那些無法進入房間的黑影全部消散在病房前，這才緩過神來。自始至終，我都沒有看明白這些黑影之間有什麼不同，它們又到底是怎樣的一種存在。

推著輪椅，我緩慢地離開了安寧病房，回自己的病房。我通過長長的樓棟間的通道，來到花園上空時，下意識地低頭看了一眼。陽光下，花園美極了。隨風搖曳的各色小雛菊以及幾重伸展蓬鬆得正好的粉黛亂子草在視線中展現出最佳的靜好歲月。

不時有病人在花園裡散步嬉戲，和平時沒有什麼不同。甚至那一直飄在花園中的黑影，也不見了。可是我明白，就算所有的黑影都是相同的，但是唯獨自己第一次見到的那個黑影，對我而言，卻最不相同。這個想法很矛盾，不過我算是明白了一些東西。

黑影有針對性，每一個人都能看到屬於自己的黑影。

我回 404 號 VIP 病房。當來到房間門前時，自己突然一愣。我看到了那團影，那團只有我看到，就會覺得它不同的影。它就在我的房間前，樣子比昨天又濃了一些黑了許多。不分明的輪廓，也逐漸分明了起來。

能夠區分出性別了。

那團黑影，是個女人。它在我的房前，等待著我。

它在等待著機會，是在等待著我生命耗盡嗎？這團影，是只屬於我，等著索我命的凶靈惡鬼！

第六章 廁所暗網

我承認，這世界上確實有許多東西都是現代科學無法解釋的。至少，我就無法解釋眼前這團堵在我病房門前的黑影。

自己甚至不知道該不該穿過它，回到病房中。別人看不到它也就罷了，可我能看見，在心理上就有障礙，沒辦法將它當做不存在的東西忽略掉。我僵持在了門口，久久不敢走進去。黑影也沒有離開的意思。

直到一個聲音在我背後響起：「小夜，你去哪兒了。我在檢查室找不到你，急死我了。」

那是文儀的聲音，她的語氣裡充滿了責備。

「我在醫院裡溜達了一會兒，自己回來了。」我隨口回答，眼睛繞來繞去，中心點始終在黑影的周圍。

「那你怎麼不進去？我在走廊那一頭就看到你在門口站著，站很久了。」文儀奇怪地問。

我苦笑：「我有點想回病房，又有點不想。突然選擇障礙症爆發了，不知道該怎麼辦好。」

「那就選前者吧。」文儀走過來扶著輪椅的靠背，準備將我推進去。

我立刻死死地拽住了輪子：「文儀，妳有沒有覺得最近一個禮拜，醫院裡有些古怪？」

自己試探著問。酒窩女護士雖然大大咧咧的，可畢竟是醫院裡的員工。再怎麼不注意 VIP 病房外的世界，如果醫院中不斷出現怪事的話，應該也有所聽聞。畢竟，員工之間總會交流的嘛。

「古怪？我倒是覺得小夜今天你挺古怪的。」文儀撇撇嘴。

我一狠心，決心挑明了問：「那妳有沒有在醫院裡看到黑影啥的？例如，就在妳眼前的那一團？」

自己指了指病房門口的那一團濃濃的人形黑影。

「這附近哪有什麼黑影，咱們 VIP 區的光線充足，走廊裡沒陰影啊。」文儀顯然看不見它，搖了搖頭，但突然又像是想起了什麼：「你的意思是，你能看到別人看不到的黑影？」

我點了點頭。既然安寧病房能夠出現密密麻麻的黑影，而嚴老頭也能看見，我就不信別的老人如果看到的話，什麼都不和護士說。

果不其然，文儀露出了深思的模樣：「聽你這麼一說，我想到前些日子值班的護士朋友說過類似的事情。她說自己負責的病房裡有幾個病人出現幻覺，看見如同一團黑影似的東西，而且在病人眼裡，一天比一天清晰。可我們醫護人員全都沒看到，只能歸咎於那些病人產生了集體幻覺。」

我呼吸急促起來：「妳朋友負責的地方，是不是安寧病房？」

文儀緩緩搖了搖頭：「不是啊，就是普通的病房而已。」

我的腦袋頓時如同敲鐘般，恍惚了好一陣子。居然不是安寧病房，難道普通病房裡的病人也看到了類似的想像。而且那現象還非常的普遍。可為什麼僅僅只有病人看得到黑影，醫護人員卻看不見？

病人和醫護人員之間到底有什麼區別，竟然能被那股超自然力量區分出看得見以及看不見的兩個群體？如果是體質差異的話，我認為可能性不大。自己除了腿腳不便外，和正常人的健康程度是沒有差異的。我也不覺得，我馬上就要死掉了。

奇了怪了，我緊緊地皺著眉，越想越覺得可疑。

就在這時，趁著我思考失去警戒的片刻，文儀一用力笑嘻嘻地推動我的輪椅，將我朝病房裡推。等我反應過來的時候，已經晚了。

我的身體完全來不及躲避，硬生生地穿過擋住門的黑影。黑影被我刺穿，模糊晃蕩了幾下後，又恢復了正常。

自己冷汗都滴下來了，連忙檢查起身體有沒有問題。還好並沒有什麼不適反應，除了挨到黑影的皮膚冒出了一層雞皮疙瘩。我抬起頭惱怒地瞪了文儀一眼。

文儀俏皮地吐了吐舌頭，見我生氣了，連忙說：「小夜，你總是待在走廊裡不進不退也不是辦法對吧，會讓我很困擾的。被護士長看到了還要扣我薪水和績效。再說了，你真能看到那些黑影？」

「嗯。」我不置可否。

「看得到就看得到唄，總之只是幻覺罷了。」酒窩女護士倒也灑脫，總之事情沒發生在她身上：「我聽朋友說，之所以大家都認定為它是幻覺的原因，理由很充分。我們醫院的死亡率並沒有增加，看得到黑影的病人吃得好睡得好，精神反而更加積極了。也沒遭受任何厄運。」

「你看，如果像恐怖小說和電影裡的劇情，那些黑影真的是鬼魂幽靈一類的負面存在。那些見過黑影的病人，應該已經死了對吧？所以放心，好好養身體，小夜你只要再檢查復健一段時間，應該就能出院了。」文儀鼓勵我。

我仍舊在瞪她：「那妳朋友有沒有告訴妳，那些看到黑影的病人，有哪個好好地出院呢？」

沒想到這句話一出口，文儀就沉默了片刻：「這個我就不清楚了，我們 VIP 病房的護士不太能跟普通病房的護士交流。我還忙，小夜，你有事就按鈴叫我哦。」

說完，護士急匆匆地離開了我的病房。看她的背影，與其說是快走，不如說是在逃。逃避我咄咄逼人的問題，逃避我接下來還想要問出口的疑惑。

她是真的不知道更多，還是裝作不知道？他們醫護人員認為衡小第三醫院病人集體出現幻覺事件，真的只是偶發的嗎？為什麼所有產生幻覺的人，看到的都是同樣的一團越變越清晰的黑影？

最重要的是，看到黑影的人，安寧病房的絕症病人暫且不論。那些普通病房的病人呢？既然他們吃的好睡的好，為什麼都已經七天了，聽文儀話裡的意思，還沒有任何一個人出院？

這太不符合常理了。

自己再一次確定了，這間醫院，出了問題出了大問題了！如果不將這問題找出來，如果不弄清楚我和那些病人，為什麼會看到那些黑影。誰知道，我們最終會變成怎樣的下場呢？

想到這，我的腦海裡又飄過了早晨看到的那個熟悉的身影。那個女孩，究竟是不是我記憶中的她？如果真是她的話，她又幹嘛來這種醫院？

該死的謎團，越來越濃，籠罩在我周圍，壓抑得我喘不過氣。

想來想去，我突然發覺自己，又開始覺得尿急，一不小心就快憋不住了。奇了怪了，老子就是腦袋被撞了，腿稍微瘸了，其他地方還是健康的。怎麼這兩天就經常性的尿頻尿急尿不淨呢？這叫啥事兒！

我獨自坐在病床上，看著對面的廁所。對病房中的廁所，一直讓我心有餘悸。再加上醫院裡恐怖的現象不停發生，總感覺每進那廁所一次，就是在冒一次生命危險。

算了，還是去公共廁所吧。

我吃力地爬上輪椅，撞開病房的門，輕車熟路的來到了走廊盡頭的廁所。還好，白天的公共廁所上，並沒有貼紅紙。

自己鬆了口氣，拐入殘障人士專用隔間，舒暢地尿了起來。無聊的間歇，視線停留在了隔間的門板上。

要說全世界的公共廁所都一副德行。每個上廁所腦袋放空又沒事做的人，都會在門板後亂塗鴉，寫一些亂七八糟的東西。

但是說到廁所門板文化，國內的藝術行為更加激烈，甚至有商業競爭。公立醫院廁所除之不盡的小廣告就不談了，私立醫院，甚至人很少的VIP病房本應該好得多才對。

可惜自己眼前門板上的內容，還是令我大開了眼界。

每一扇公共廁所的門，都是赤裸裸地刻在現實的暗網世界啊。例如我跟前的這一扇，密密麻麻的廣告讓我眼花撩亂。有獨居寡婦重金求子的、有代孕的、有借精生子的。而最多的還是治療不孕不育、男科女科疾病等等。

文字簡潔粗暴字字戳心、業務清晰明瞭一目了然。我幾乎看笑了，每一個小廣告的文案，都能秒踩大廣告公司呢。

公廁門板或許是現實中轉化率最驚人的廣告位。封閉的環境降低了風險，來往不息的人群帶來了足夠的流量，更重要的是，門板廣告上賣東西的客戶指向很明確，而公廁門板的世界裡，不需要什麼花俏的大數據雲端計算，簡單就能直達垂直客戶群體。

自己嘆了口氣，越看越覺得懷念。記得自己小時候上廁所時，當時還是旱廁，用兩塊石板拼成的蹲位下方是狹小深邃的糞坑。惡臭熏天。有些小孩屁股太小了，一不小心上大號上迷糊了，還會不小心從蹲坑上掉下去。

幸運的被人看到了，就會叫大人來撈。幾個大人就會讓掉進去的小孩抓住竹竿，從糞坑裡爬上來。直接連人帶衣服丟進附近的河中洗乾淨。但那股糞水惡臭，足足要一個禮拜才會散去。

而運氣不好的小孩，那可就慘多了。至今我還記憶猶新，大約八歲的時候，自己跟父親在春城一個破爛的巷子裡居住。那個巷子長長的，兩旁都住滿了人家，大約有十多戶。

每間民居，都沒有獨立廁所。要上廁所，只能到巷子最末端的一片小樹林中。樹林裡有個用磚瓦堆砌起來的旱廁。很簡陋，不過那時候條件如此，也沒有辦法。我人小，一到晚上不敢獨自去廁所，就偷偷拉在離家不遠的陰溝裡。

可如果想要上大號的話，也只能去廁所。每個人都這樣，習慣了也不會覺得麻煩。院子裡其中一個叫小虎的男孩子，比我大一歲，膽子也出名得大。有一天晚上突然就失蹤了。

家裡人找了很久，警方也派了許多警力盤查，結果終究沒有找到。最後家屬和警方都認為，小虎有可能是被人肉販子給拐走了。春城甚至還嚴厲查緝人肉販子好一陣子。

但是沒有誰想得到，小虎最終被我發現了。

一次晚上上廁所，我閒著無聊。也是在看廁所牆上的塗鴉，人上大號的時候或許是最閒得慌的。那時候的廁所文化還沒那麼多廣告，文化氣息濃得多。有人畫畫，有人寫詩歌，還有人會摘抄一些時令好文。

我八歲時，腦袋聰明記性好，已經認識了大部分的漢字，就連生僻字也能讀個百分之七八十。所以每次上大號都喜歡換著蹲坑看廁所的牆，每次都能看得津津有味。

唯獨那個晚上不同。我當時拿著手電筒照牆，一邊看牆上的亂寫亂畫壯膽。由於是晚上，我想快點拉完離開。

就在這時，一股冷風從旱廁蹲坑下從上吹了過來。冷得我滿屁股墩兒都起了一層雞皮疙瘩。那種刺骨的冷，帶著詭異的氣息，很不尋常。

我打了個冷顫，猛然發現牆上，似乎多了幾個字。那幾個字夾在一篇散文節選和同志求交配的廣告之間。

「救救我！」

只有一行，潦草得很，像是小孩子寫的。

我吞下一口唾沫，心裡極緊張。因為太怪了，我很清楚自己的記憶力。剛剛牆上，明明沒有這三個字。可一眨眼的功夫，那三字就出現了。看樣子寫了有很長一段時間，黃中帶有一種褐色，看起來很骯髒。

可是就三個老舊的字，卻蓋在了散文節選以及小廣告的內容之上。將散文的一部分字都掩蓋住了。

這，太怪了。

沒等我反應過來，散文下方的一些詩歌上，也出現了類似的字體。

「我在這裡。」

同樣的字，出現在我手電筒的光圈中。再下方，是黑乎乎的一個潦草的，指著下方的箭頭。

我只感覺毛骨悚然，自己清楚得很，那些字絕對是剛才沒有的。是誰在牆上趁我不注意寫上去的？是誰在惡作劇？

自己抬頭，用手電筒環顧了四周幾眼。偌大的廁所裡，只有我，再沒有別人。不可能有活人來整我。

那不是人的話，又是什麼？是誰，在牆上寫字？是寫給我看的嗎？他，為什麼要求救？他在，哪兒？

一連串的疑惑，衝擊了我小小的腦袋瓜子。

朽爛的夜晚，黑乎乎的，伸手不見五指。在那一小團手電筒的光明中，世界都在這晦暗的光斑中消失。我緊張地抱著手電筒，猶豫了一會兒，小聲地問：「你是誰？」

「救我！」

明明眼睛直直地盯著牆，我也沒看清楚「救我」這兩個字，是怎麼、是什麼時候出現在自己的視線中的。和另外三排字的字跡一樣，潦草，深褐色，乾癟癟的充滿歲月的痕跡。

「你在哪裡？」我又問。

廁所單薄的牆外，響起了狂風。陰冷的風吹得一牆之隔的小樹林唰唰作響。月光不知什麼時候爬上了牆頭，從沒有門的廁所照進來，映著樹梢。每一根樹的枝椏投影在牆上，如同無數隻溺水想要拚命抓住救命稻草的小手，胡亂揮舞著。

牆上，又出現了褐色的字，「救我。」

仍舊是這兩個。

「你在哪裡？」我怕怕地問。雖然我只有八歲多，但是也曾遇到過幾件怪事，所以雖然怕倒是還算鎮定。不過這也是極限了，我已經準備儘快擦屁股儘快走人了。

就在這時，又一股陰風吹過。不知什麼吹進了我眼睛裡，我閉眼揉了揉，再睜開時頓然倒吸一口涼氣。

牆上不再出現褐色的字。但是不知何時，自己的腳附近，蹲坑上方密密麻麻地出現了許多白白胖胖的蛆。蹲過旱廁的人都知道，骯髒的旱廁裡這種蒼蠅幼蟲很多，也很常見。可今天蛆蟲全瘋了似的，在我腳邊亂爬。

我嚇了一跳，連忙想要移動腳走開。可是腳完全動不了，一股無形的力量，將我的雙腳束縛住了。不知什麼東西，從蹲坑的下方探出來，把我的腳踝死死拽住。

自己眼睜睜地看著滿地的白蛆在屎尿中爬過，越過我的腳，朝牆上爬去。蛆蟲爬到了牆壁上，來到了那個黑色向下的箭頭下方後，居然開始排起長隊。

一列列白森森的蛆蟲猶如運食物的螞蟻，順著那個箭頭向下排，一直深入了蹲坑深處。就像是什麼東西在告訴我，它，就在裡邊。就在深深的糞水中，浸泡在不知多少年積累下來的屎尿裡。怨氣熏天，一如那惡臭的露天化糞池。

我尖叫一聲，再也忍不住，拔腿就跑，這時，才發現雙腳腳踝上的力量已經不見了。自己哪裡敢多留，一邊大喊大叫，一邊瘋了似的跑了回家。

自己屁股上的屎都沒來得及擦，提著褲子，一把鼻涕一把尿的一巴掌拍醒老爸，跟他講自己在廁所裡的遭遇。

他剛開始沒信，後來偶然看了一眼我腳上的襪子，頓時也大驚失色。只見我還算乾淨的白襪子上，赫然有兩個抓痕。褐色發黑，一如那牆壁上字的顏色。甚至還隱隱散發著奇怪的味道。

那是屎尿乾了混雜著腐爛的餿臭，再認真一看，那兩個抓痕，越看越像是一雙手。左手小小的比較正常，右手有六指。

我和老爸都嚇得不輕，剛開始都還沒敢亂開腔。畢竟那年月雖然破四舊掃迷信、嚴打牛鬼蛇神運動已經結束了十多年了，可是說這些鬼鬼神神的東西，還是有些忌諱。直到幾天後老爸和同院子裡的人喝酒吹牛打屁，喝多了說漏了嘴。

院子裡的有心人記下了，也在外邊亂說。不知怎麼就被小虎的父母聽去了，一個下午小虎媽買了一包好吃的零食堵住了正放學回家的我。禁不住零食的誘惑，我將那天晚上發生的事元元本本說了一次。

當聽到我腳上的抓痕，右手有六指的時候，小虎媽頓時呼天搶地，立刻就暈了過去。原來小虎的家族遺傳，右手就是六指。只不過平時和別人玩耍的時候他自卑，經常會將第六根指頭藏在袖裡，再加上我跟他玩得少，所以不知道。

小虎父母認定小虎肯定是死在了廁所中，陰魂不散，所以向我求救。他們找人挖開了旱廁，挖空了化糞池。竟然真的在池底下找到了小虎的屍體。

那具屍體已完全腐爛，全身蜷縮著，皮膚內外長滿了白蛆。他死的時候明顯充滿了絕望痛苦，他拚命地用手去抓旱廁的石壁，用力到指甲斷了，就連手指都斷了幾根。

我當時好奇跑去看了一眼，見到屍體後整個人都不好了。小虎被勾起來時，渾身腐爛掉白蛆的模樣，至今都難以忘記。現在想來，那褐色發黑的字，顯然就是乾枯的屎尿混合物吧。

在這乾淨白潔的醫院衛生間裡，勾起了我幼時的回憶。我搖頭笑了笑，覺得小時候的自己真的很單純。記憶有時候會美化生活，再痛苦尷尬難受的回憶，都會被大腦的自我保護機制弱化，成了可以回味的片段。

現在知道的多了，明白的多了，依舊難以解釋那一段詭異的經歷。

小號和大號一起上完，我在馬桶上挪動屁股。私立醫院就是不同，殘障人士的馬桶都是嶄新的，按一下就能把屁股洗好。

我洗完屁股烘乾後，就想要離開。就在這時，自己眼神的餘光在地面上看到了一個白白的，緩慢移動的生物。

是，白蛆！

這裡怎麼會有白蛆？

我愣了愣，低下腦袋認真地看。確實是蛆蟲，一隻又肥又胖的蛆在蠕動著自己短短的身體，努力向我的腳爬過來。

「還私立醫院呢。果然能偷工減料的地方就偷工減料，表面不錯，實際上衛生情況糟糕透頂。連蛆都出現了。」我撇撇嘴。嘴上是這麼說，心裡還是有些哽。蒼蠅的幼蟲一般只生長在有夠多食物的地方。

這裡的地面沒有屎尿，哪怕衛生間再不勤於打掃，可地面還是乾淨的。尿漬都沒有，更不要說糞便了。牠靠什麼生存？

我疑惑地準備先離開，再找文儀投訴。就在我推輪椅的瞬間，自己全身的雞皮疙瘩都冒了出來。

廁所門板下，又有幾隻白蛆爬了過來。不，不止幾隻，是一大堆。一大堆密密麻麻完全沒有空隙的蛆蟲，順著隔間的門縫朝裡邊爬，很快就要將隔間的地面爬滿了。那些蛆的速度很怪，自己第一次見到爬那麼快的蛆蟲。

我嚇了一大跳，渾身發冷。推了推廁所的門，沒推開。

怎麼門又推不開了？這該死的醫院，到底怎麼回事！

我大罵，一咬牙，使勁兒地轉動輪椅，試圖用輪椅將隔間的門板撞開。輪子移動，壓碎了無數白蛆，蒼蠅幼蟲的體液橫飛。門板被撞得發出「啪」的一聲巨響。

那一聲響聲過後，我的眼睛，猛地就陷入了一片黑暗當中。

廁所的燈，熄了。

第七章　又見故人

天天活在自己的小世界裡的都市動物們，最離不開的就是燈。燈滅了之後，比所有人想像中都還要可怕。

再加上滿地都爬著的白蛆隱藏在了黑暗中，看不到牠們的動靜。這更增添了一層恐懼。

我陷在黑暗裡，一動也不敢動，心裡止不住的疑惑。自己進廁所的時候，天色還尚早，離天黑還有好幾個小時，公共廁所雖然開著燈，但是它也有窗戶啊。怎麼燈突然熄了後，陽光也沒了。

徹底的死寂夜色，瀰漫在沒有氣味的廁所。

自己愣了愣，好不容易才想起自己是有光源的，連忙手忙腳亂地掏出手機，打開手電筒功能。

一束白色的光，照亮了我的小世界。

我將光束朝地面射去，地上乾乾淨淨，哪裡還有什麼滿地白蛆的身影。難道剛剛的景象，只是個幻覺？

我再次試著推廁所門板，門板不知道哪裡卡住了，仍舊是怎麼推都推不動。自己待在手機的光圈中，準備打電話求助。可是一看螢幕，居然沒信號。這太無法理解了，在一牆之隔的走廊上手機訊號明明是滿格，這廁所又不是封閉空間，訊號怎麼可能在如此短的距離中衰竭得那麼快？

太詭異了。

不知何時，自己感覺有一股股涼颼颼的陰風颳了過來。我猛地打了個冷顫，越發覺得黑暗的廁所變得恐怖無比。

廁所是有窗戶，但是為了防止意外，那些窗戶在設計之初都是不能打開的。也就意味著，廁所裡不可能有風。廁所裡所有的空氣交換，都是靠著空氣清淨器進行的。

可颳在我身上的風，又是哪裡來的？

我感覺很冷，用力裹了裹身上單薄的外套。無論怎麼裹緊，還是冷得厲害。我試著用完好的左腳用力踢門，廁所門板搖晃了幾下，再次恢復了牢牢合攏的狀態。按理說防火板的硬度不可能那麼大，多踢幾下，應該會踢壞才對。可是這門品質實在太好了，怎麼都弄不壞。

折騰了好一陣子，自己累壞了，終於放棄了。

手電筒的光是我唯一能夠抓住的希望，廁所隔間裡的風越發大起來，吹得我裸露在外的每一寸皮膚都生痛不已。

我強自按捺住想要去尋找風源的想法，有時候知道的太多了也不好，特別是在這封閉的空間中。並不是挖空心思找到每一寸線索就是有利的，更有可能，知道了風的來處，反而落入陷阱中，容易自己嚇到自己。

毫不意外，我確定有人故意將我關在廁所中。有人不知出於什麼目的，關掉了燈、堵住了隔間的門。

難道文儀曾經提醒我的，不要進貼了紅紙的房間的警告，說的就是這個原因？雖然昨晚這間廁所門上確實貼了紅紙，但是白天沒有啊。更何況也不是沒有其他人在上廁所。

為什麼偏偏我落入了現在的困境中？還是說昨晚我闖入了這個貼了紅紙的房間後，已經為今天的下場埋了伏筆？

一時間我想了很多，自己蜷縮在輪椅上，恍惚覺得自己又回到了小時候，回到了八歲那一年。斑駁惡臭的廁所，那越過樹枝的月光，那瘆人的夜晚。

我搖晃著腦袋，拚命想要將這個想法拋出腦外。

手電筒的光線下，廁所門板上的無數小廣告彷彿在無情地恥笑我，張著牙咧著嘴，散發著晦暗不明的氣息。猛然間，我瞪大了眼，只見那些小廣告上，不知何時出現了幾個潦草的黑褐色字體。

像是小孩子的胡亂塗鴉，但內容卻驚悚無比。

「救我！」

「你為什麼不救我。」

兩行塗鴉文字，覆蓋了小廣告。我沒有眨眼，死死地看著這些字。就在我眼皮子底下，字竟然變多了。

「救我。」

「我就在下面。」

我猛地打了幾個寒戰。四行文字的最下邊，有一個熟悉到我至今難忘的箭頭。一排排的白蛆在箭頭下方匯合，不斷地爬到地面，越過我的鞋，爬上了潔白的溫水便座，一直朝著馬桶的洞裡鑽去。

馬桶洞的水沸騰了似的不斷翻滾，我傻呆呆地伸出手試探了一下。風，吹到我身上的風，竟然全是從馬桶洞裡吹出來的。

我起了一身的雞皮疙瘩，瘋了似的再次用力踢門。門完全沒有被踢壞的跡象，門板卡得死死的，把我將外界的世界牢牢隔絕。我逃不掉，我的大腦混亂，我完全無法想像再在這兒待下去，將會發生怎樣更可怕的事情。

每個人都有屬於自己的深層恐懼，無論長大後膽子有多大，小時候的驚恐烙印也無法消散。只要觸到了某個點，就會再次爆發。

用力過猛的我再次停了下來，喘息著粗氣。廁所因為我的停歇再次陷入了黑暗的死寂裡。混亂的我耳朵動了一下，似乎聽到了廁所外傳來了某個響聲。

「啪」的一聲響，彷彿廁所的彈簧門開合的響聲。隨之而來的是，外界的光線。廁所不再那麼黑暗，有光進入了這灰敗的世界中。

我頓時欣喜地喊道：「喂，有誰在外面。麻煩幫我把門打開。」

「你在哪兒？」

果然是有人進來了，朦朧的光稍微照亮了周圍。我剛要開口回答，突然就啞了，甚至儘量將想要冒出喉結的聲音拚命嚥回去。

門外的人離我還有些距離，聲音模糊，甚至聽不出男女老幼。那聲音如同在深深油膩的液體底層冒出來的氣泡，聽得我非常不舒服。而且他第一句問的不是「你怎麼了」，而是「你在哪裡」。

這令我起了疑，根據人類的心理，就算是遇到求救者普通人都會本能地戒備。在看不到對方的情況環境下，一般人總會先問清楚對方的狀況。

「你在哪裡？」見我不回答，那個聲音又問了一遍。跟上一次一模一樣的語調，簡直就是複讀機在重複。

「你在哪裡。」同樣的問題，不厭其煩地問了第三遍。

接下來，門外的人一遍又一遍地問我在哪兒，每一次的聲音都完全相同。我毛骨悚然得不敢回答，甚至關掉了手機的光。

就在關掉手機的一瞬間，我腦袋彷彿遭到暴擊似的，心裡慶幸無比。因為我一身冷汗地看到了從外界投射入廁所隔間的那些光。

那朦朦朧朧的赫然是月光，月光透過樹梢，倒映著無數亂舞小手似的影。每一隻手，都在拚命的朝著我的腦袋方向揮舞，想要抓住我。

這裡是四樓，高達十四公尺。而背後花園裡並沒有高大的樹，就算樹影被月光一照也不可能將影子投射到衛生間裡。

那些月光，那些倒映的在身後潔白牆壁上令牆壁都骯髒灰敗起來的樹影，赫然就如同我八歲那年旱廁的模樣。

邪惡在衛生間中蔓延，一步一步將我逼入窒息的深淵。

我保持安靜，甚至屏住了呼吸。那個等不到我回應的腳步聲沒有放棄，開始由遠至近尋找我的蹤跡。它絕對不是人類，它明明身體沉重，可是腳步卻很輕。就像是一個鼓脹的氣球在地上行走。

最深處的隔間被啪的一聲推開了。

背後牆上爪子似的樹影胡亂搖擺，我不敢觸碰那些彷彿想要抓住我的影，只能儘量低下腦袋弓著身體，泯滅自己的存在感。

樹影無聲，邪氣森森。之後是第二個隔間、第三個隔間。隔間被一個個打開，終於門外的東西走到了殘障人士專用隔間前。

我在自己的身上慌亂地摸著，想要隨便找一樣可以自衛的工具。可是除了堅固的輪椅外，我沒摸到任何東西。自己只能眼巴巴地看著黑影遮蓋住月光。

那個黑影不高，地上有著它沉重的雙腳。它的腳板從隔間的下部空隙映在我瞳孔裡，我拚命捂住的嘴險些控制不住想要尖叫。

小孩一樣的雙腳，可是已經腐爛破敗，呈現出醬肉似的褐色。門外人的皮膚氣球似的鼓脹，彷彿用針一戳就會爆炸。看到這兩隻腳的一瞬間，我已經明白了那是什麼東西。

門外的人是小虎，是小虎的冤魂。它那雙腳和我小時候記憶猶深的那一瞥一模一樣。但是小虎的屍體已經從旱廁打撈上來，明明在十多年前就拉到火葬場燒掉了，就連那個旱廁也早已不復存在。

我瞪大眼睛，心裡明瞭。這個醫院有一股超自然的力量在放大人類表層意識最恐懼最害怕的記憶。難道衡小第三醫院中所謂對的貼了紅紙的房間，都有類似的遭遇發生在病人身上？

明明只是我記憶的具象化，明明我知道不應該害怕。可是在這驚悚的氣氛裡，我甚至無法順暢的呼吸。死掉的小虎如果真的打開了隔間的門，會發生什麼？

我會被它殺死嗎？

冰冷冷的氣息，隨著小虎的靠近，彌漫出熏天惡臭。那腐臭的氣味讓我乾嘔。它伸出了手，扭動把手。本來卡死的門鎖竟然動了，緩緩轉動，眼看就要被它打開。

我把心一橫，準備什麼都不顧了，只要門打開自己就衝出去。至於到底會造成什麼後果，已經無所謂了。死活，就拚這一把。

自己深吸一口氣，雙手死死地握著輪椅的轉輪，隨時就能發力。門敞開了一條小縫隙，我正要往外撞的最後一刻，廁所大門又發出了響聲。

又有人闖了進來。

「何方妖孽。」闖進來的人有著清脆乾淨的女性聲音，她似乎看到了廁所裡的景象，倒吸一口涼氣：「好醜好臭的鬼，妳姑奶奶馬上就送你一程。」

廁所隔間的門沒有再繼續敞開，模樣像是小虎的怪物拖著沉重的腳步緩緩地朝那個女孩走去。

女孩冷哼一聲，喝道：「東方律令旗，西方律令旗，北方律令旗，十萬天兵天將卸甲皆前行。去！」

四道火光一閃，點燃了我背後牆上的月光。月光也燃燒起來，樹影稀鬆，猶如鬼爪的樹梢全都在燃燒。

怪物痛苦的吼了一聲，速度加快朝著女孩撲過去。女孩再次冷哼，隔著門縫我看到她青蔥似的兩根手指中間夾雜著某種紙符般的黃色物體，折成了三角旗子的模樣，手腕一翻，兩張紙符就憑空點燃了。

熊熊燃燒的兩張黃紙被她朝怪物的方向扔去，點燃的紙符被風一吹燃得更旺盛了，神奇地以筆直的直線打在了怪物身上。

怪物的身體也被點燃，黑褐色的外表流淌出深黃色的膿液。

「南方律令旗，北方律令旗，東營天兵天將，雷神號令驅妖靈。」女孩再次唸著咒，手再次一翻，這一次每一個手指縫隙中都憑空出現了一張紙符。變戲法般看得人眼花撩亂。我就隔著門縫看著那魔幻的一幕，雖然驚訝，但是依然安心了許多。類似的景象，多年前在一個案子中也碰到過。

門外女孩的身分，我也已經確定了八九成。這次，得救了。

十根手指，八個手指縫，八張紙符。所有紙符點燃後，都轟在了怪物身上。怪物慘叫連連，最終化為灰燼被燃燒殆盡，什麼殘留物都沒有剩下。

女孩嬌喘了幾下，顯然也累得慌。我正準備出門叫她，順便嚇唬她一下，沒想到女孩彷彿聽到了什麼聲音，大叫一聲糟糕，轉身就急忙衝出了廁所門。

自己愣了愣，決定先跟蹤她一段時間，不忙碰面。看看這傢伙到底在醫院中搞什麼么蛾子。

我推開了鬆動的隔間門，悄悄離開了洗手間。等到出門了我才驚訝地發現，不知何時天突然黑了。可自己進入廁所時才下午，離天黑還至少還有幾個小時。怎麼上個廁所，沒多久的功夫，時間已經莫名消逝了。

不是我的感覺出了問題，而是時間的流速絕對有問題。我看了看手機，時間顯示停留在了四點過一刻。但是當連到網路，時間程式跟用戶端同步後。迅速的跳躍到了八點四十五。

我只能苦笑，出了廁所偶然向後看了一眼。自己又一次大驚，一張紅紙赫然貼在了廁所的門上。

這間廁所顯然是白天開放隨人進入，晚上就會貼著紅紙禁止人出入。既然有人貼紅紙，那肯定就有人在晚上貼紙前進去巡邏。但是自己根本沒有聽到任何動靜，難道，廁所裡的不止時間出了問題，就連空間也有問題？

走廊裡黑漆漆的，感應燈在我走過後並沒有亮，似乎是停電了。深邃的深處，正對著我的位置，有一個背對著我的黑影，在醫院的走廊上走來走去。從背影看，應該是個年齡不大的女子，窈窕的身材被緊身夜行服勾勒得淋漓盡致，異常誘人。我偷偷地跟在她身後走了一段路，頓時腦門子上冒出了幾條黑線。

這不知為何目的潛入 VIP 病棟的女子，走著走著，似乎在走廊上活生生華麗麗地迷路了！

喂喂，這樣也行？我無力吐槽。真想知道這傢伙的大腦構造是個什麼樣，眼前明明只是一條筆直的走廊而已。

自己偷偷朝黑影靠攏了一些，醫院停電後，備用電源似乎也出了問題。朦朧的月光偶爾從病房門上的玻璃上透入，根本不足以照亮四周。

還好，走廊上每隔不久都有一盞閃爍的紅燈，那是防火設備。因為裡邊用的是鋰電池，所以斷電也沒有關係，正常運轉著。

再加上我的眼睛還算好，而且，黑影的防備心差得很，就算靠近到離她只剩下五公尺的距離了，哪怕我轉動輪椅的速度很緩慢很輕但發出的噪音也足夠嚇人了，居然也沒被女子發現。

每一次黑衣人靠近紅燈下方，我就能夠清楚看到那人的細節，那對渾圓的屁股隨著走動而搖來搖去。

我嘆了口氣，簡直是對那人佩服得不得了。自己不斷地在尋找著我腦子裡關於那個女孩的回憶。

越是跟蹤她，似乎越冒出了更多的證據。女孩的夜行服不知是從哪裡買來的二手便宜貨，洗褪色了不說，背上還隱隱沾了些沒洗掉的螢光粉。你妹的，夜行服上有螢光粉還潛行個屁啊。這傢伙就不知道在行動前稍微檢查一下自己的裝備？難道上次用過後，她就不洗一洗再用？

我冒出了一股一掌將她拍暈的衝動。認真跟蹤這種白痴的我，真是有夠可憐的。

不用再看女子身形，自己已經完完全全確定了她的身分。我懶得再跟蹤下去，用力推了一把輪椅，加快了速度來到她身後，拍了拍她的肩膀。

這個已經迷路正在團團轉的女孩被嚇得差些尖叫起來。我迅速地一把捂住了她的嘴巴，女孩的聲音衝到喉嚨口，遇到障礙，只好又嚥了下去。

「嗚嗚，魂淡！」女孩掙脫我的手，一邊罵一邊想要打色狼似的用巴掌扇我。

我退後了兩步，叫出了她的名字：「游雨靈，妳在這幹嘛？」

女孩顯然大吃一驚，驚慌地裝作左顧右盼的模樣：「誰，誰是游雨靈？」

「不是妳嗎？」我問。走廊太暗了，她一時間沒看清楚我的模樣。

「當然不是我！我，我只是個偶然路過的小偷而已。」女孩慌忙撇清關係。

喂！喂！又名正言順地用自己是小偷當藉口，真以為別人不會報警嗎？我已經無力吐槽了，伸出手扯了扯她的衣角，沾著螢光粉的夜行服一角上，赫然繡著三個字「游雨靈」。

「夜行服上的名字，妳還沒有去掉啊！暴露妳身分已經不是一次兩次了，小姐。」我的眼皮抽搐了幾下。這女孩的大腦到底是怎麼長的，上次見她的時候，她也是穿著這套繡著名字的夜行服：「我上次不是已經說了嗎，正常人都不會將自己的名字寫在夜行服這種見不得人的特殊任務裝備上吧？妳倒好，不但寫了，還是用針線繡上去的。妳就那麼怕被別人偷嗎？一套夜行服才多少錢？」

「但是適合我的夜行服真的很難買到啊。」女孩苦惱地回答了我，阿喂，這真的可以嗎。這麼認真回答一個剛識破了妳的身分，不知敵友的陌生人，真的真的是可以的嗎？

也許在回答了我之後，游雨靈也感覺自己的行為有些不恰當。她「啊哈」了一聲，向後猛推幾步，厲聲道：「算了，既然已經暴露了，我也不用偽裝了。這身衣服穿著真難受。呼呼，哼哼，少年，你識破了我的身分，很不錯，非常厲害。」

氣勢還沒起來，就已經被我伸出頭，一個爆棗打在額頭上。

「痛。」女孩委屈地捂著腦袋叫痛。

「真不知道妳在想什麼，還沒認出我來嗎？」我惱道。

游雨靈更委屈了：「黑漆漆的，我怎麼看得清楚你是誰。」

「這樣呢。」我掏出手機，將手電筒打開。一束光照射在我的臉上，煞白煞白的，頓時嚇得這女孩又往後退了幾步。

「鬼哇。」

「鬼你個大頭鬼，給我仔細看。」我怒了。

「你是，你是！」游雨靈終於看清了我的模樣。她水汪汪的大眼睛裡充滿了水汽，激動得上下打量了我一番後，接下來說的一句話，卻讓我整個人都呆住了。

「你是誰？」

她在問我，我是誰？看她的瞳孔，並沒有說謊。她是真真切切不認識我，她，忘記我了？這是怎麼回事？我皺著眉頭，久久沒有開口。

這游雨靈，是我在前幾次案子裡遇到的腦袋有問題的女道士。【詳情參見《夜不語當時我被雅心的勢力攔截，我讓她先逃，帶著我的親筆信去找守護女李夢月或者黎諾依求救。可是從那之後，游雨靈就失去了蹤影。自己的親筆信李夢月和黎諾依也沒有收到。

游雨靈為什麼會出現在這家醫院裡，她，為什麼將我徹底忘記了？

疑惑翻江倒海，我強行將其死死壓住。

「我叫夜不語，是這家醫院的病患。」我簡單地指了指自己：「我們以前見過。」

「我們見過，你認識我？」游雨靈雖然腦袋經常脫線，但是絕對不笨，她嗯嗯的點了點腦袋：「沒錯，你應該是認識我的，不然也叫不出我的名字。那個，我們很熟嗎，為什麼我不記得你了？」

「我也不記得為什麼，不過肯定是有原因的。當然在現下並不是最重要的。」直覺告訴我，游雨靈之所以會將我忘記肯定有因果，甚至裡邊藏著某個大陰謀。但是最緊要的並不是探究這一點。

「對了，游雨靈。妳混進這家醫院，為了做什麼？」我問道。

游雨靈沉默了，她沒有開腔。看著我的眼神裡也沒有信任。確實跟一個能叫出名字的泛泛之交都談不上的人，直截了當地全盤托出自己的任務，這並不理智。

不過想要增加她的信任，對極為瞭解她的我而言，倒是很簡單。

我撇撇嘴，指責她隱藏在背上的小背包說道：「沒關係，只要我告訴妳一件事妳就會相信我。妳的背包裡，背著……」

話還沒說完，游雨靈猛地小手捏成拳頭，緊張的「噓」了一聲。

頓時黑暗寂靜的走廊，又剩下了無聲的暗。我倆一動不動地站在這偌大的空間中央，自己什麼動靜也沒察覺到，可女孩卻彷彿聽到了某些令她驚恐的事物。

「不太對！」女孩黛眉微皺，丟下我拔腿就朝遠處的電梯跑去。

「喂喂，怎麼一言不合就自己溜了。」我急道。

游雨靈也急了：「你這個人才怪咧，我又不認識你。你跟著我幹嘛。」

「我還沒搞清楚狀況，不跟妳跟誰。」

「不想死就找一間沒人的屋躲進去，無論聽到什麼都千萬不要開門。」她頭也不回。

我哪裡敢放任她離開，拚命轉動輪椅，跟著她推得飛快：「那妳先給我解釋清楚。這家醫院，到底發生了什麼事？」

電梯等在四樓，由於電梯的電源和醫院的總電源系統不同，所以停電了還暫時能用。游雨靈進了電梯後，努力地想要將我關在門外。

我一聲不吭用輪椅撞了進去。

游雨靈狠狠地瞪了我一眼，氣惱道：「你知不知道你自己在自尋死路？」

「不知道。」我撇撇嘴：「總之我找死也不是一次兩次了。」

「你這個人怎麼這麼厚臉皮。」游雨靈氣得跺腳，實在拿我沒辦法了：「待會兒，我可不顧上你。我都自身難保，別指望我保護你。」

我聳了聳肩膀，沒再吭聲。

電梯往下，在這黑暗的醫院中，我們猶如置身於波濤洶湧中穿梭的一葉小舟裡。小舟內暫時還平靜，可誰知道外界，是否已經掀起了滔天的巨浪？足以致人死命的平靜，即將打破。看著游雨靈那焦急不安的臉，我瞇著眼睛，內心也沉重起來。我倆一眨不眨地看著電梯的門。

一樓，電梯發出「叮」一聲。

門，開了。

第八章 醫院驚變

儘管我已經儘量想像了電梯門外會發生什麼了，可眼前的景象仍舊讓我呆了好一會兒。一樓是衡小第三醫院的住院部大廳，偌大的空間裸露在視線中。除了應急電源閃爍著紅燈外，都黑漆漆的，我甚至連值班護士都沒見到。

繳費處也沒有人。人都去哪兒去了？

「人去哪裡了？」我問。

「因為停電所以病人移到隔壁大樓，護士以及值班人員也都跟了過去吧。」游雨靈撇撇嘴。

「電是妳斷的吧？」我淡淡道。

游雨靈沒承認，可她的表情已經出賣了她：「才不是，我怎麼可能做這種事情。走啦。」

她往前走了好幾步，出了電梯。我卻一動也不動。女孩奇怪地回頭看了我一眼：「你這人真怪，在樓上還死活不要命地要跟著我。現在我走了，你卻不跟了。」

「妳，看不到嗎？」我額頭上的冷汗不斷往外冒，喉結嚥下一口唾液，仍然覺得自己緊張的情緒無法宣洩，身體抖得厲害。

「看到什麼？」游雨靈疑惑地問了一句，她見我的神色實在太難看了，又問：「喂，你怎麼抖個不停？」

「廢話，我怕啊。」我聲音也在抖。

「你怕什麼？」女孩在地上原地轉了一圈，沒看到讓我害怕的東西。

「妳果然看不到。」我搖頭，在自己的眼睛中，除了黑漆漆的住院部大廳，還有一些更令我恐懼的東西。

那些東西密密麻麻，衝擊著我的理智，毀滅著我的意志。

我看到了小虎，那在糞坑裡浸泡了半年的小虎。他腐爛嚴重的屍體如氣球般膨脹，他一百二十公分高的個子在大廳中央滾來滾去。不止一個，密密麻麻的，有著風乾屎尿臭味的小虎滾動著，一如兒童池裡花花綠綠的海洋球。

這什麼情況？彷彿一隻手緊緊地捏著我的心臟，我甚至無法暢快的呼吸。

「小哥，你臉色不太對啊。」游雨靈察覺到了我的生命似乎在不斷地流逝，眨巴著眼睛，順著我變直的視線望過去。

還是什麼也沒看到。

「喔，對了。等等，你先撐一下別忙著嚥氣。」女孩突然拍了拍腦袋，像是想起了什麼。

我的臉已經憋紅成了豬肝色，胃裡翻江倒海，眼眸中無數個滾動的小虎屍體逐漸成為了胃中翻湧的反胃。自己隱約感覺有什麼東西在胃部伸展，將我的胃壁撐大，順著我的喉管向上爬。

我的嘴被胃裡爬出的東西撐開，在自己正對面的鏡面玻璃中，緊急燈紅光照射下，我甚至能清楚地看到一些黃色腐臭的液體從我的嘴中流出。

那些東西是乾枯的屎尿被唾液溫潤後重新變為濕潤的粘稠，順著我的嘴角流出。「幻覺，幻覺。」拚命想要將這幾個字說出來，我的身體僵硬，一動也沒法動。一股神秘的力量支配了我的身體。鏡子中，我的身後，不知何時出現了四張小虎腐朽烏褐的臉，他們伸出密佈屍斑，被蛆啃食得坑坑窪窪的手臂，將我的手腳身體牢牢抱住。

哪怕一切明知道全是幻覺，我仍舊無法掙脫，僅剩無力感。

游雨靈見我嘴越張越開，如同有什麼東西想要從我的身體裡爬出去，連忙手忙腳亂地翻找著小背包裡的東西。

翻來翻去，硬是沒找出來。她秀美精緻的額頭上蒙上了一層薄薄的汗，一邊找一邊尷尬地向我說：「別急著死，真的。等我再找找，就快找到了。咦，那東西去哪兒了？昨天明明放在這個夾層裡的。急死人了，早知道不應該圖時髦換包包。」

我紅了眼，怒瞪她。這都什麼時候了，早知道她不可靠少根筋，可也別老是在我都快要嗝屁的時候出狀況。老子真死了下了地獄，我發誓哪怕是從地下一百層都要徒手爬上來，嚇唬她半輩子洩憤。

「找到了，找到了。噓。」游雨靈終於摸到了想要找的東西，鬆口氣拍了拍還算有料的胸口。

女孩抓了兩張黃紙符緊緊拽在手心，雙手八根手指以麻花狀複雜的交纏，拇指微勾，小指輕翹，口中念念有詞：「天靈靈，地靈靈，家仙香火不安寧。灶墳前頭多穢犯，開爾羽障暫態明。」

游雨靈交合的手用力扯開，不知是不是摩擦作用，手心的兩張紙符已經在翻手間燃燒起來。熊熊燃燒的兩團火焰很冷，竟然散發著幽藍的光。女孩就著這兩團藍色的火，在閉著的眼皮子上一擦。

火光的藍殘留在了她的眼簾上，逐漸浸入了她的眼。

再睜開眼時，她的眸子中似乎也跳躍著兩團藍色火光，煞是好看。看得我無比震驚。幾年不見，這秀逗小道士不止腦迴路變長了，竟然連功力也深了。鬼門符的戲法無論看幾次都令我感到神奇無比。

游雨靈就著眼中的兩團火終於看清了剛剛看不到的東西，她直直地看著我的身體，看著我的臉，然後低頭。

吐了。

吐得稀裡糊塗。彎著柳枝腰，把胃裡的東西哇哇地吐空了還依依不捨的乾嘔了好一會兒。我的眼都瞪穿了，鏡子裡屎尿黃水已經流乾淨，一隻坑坑窪窪的腐爛的手從我的嘴中探出來。接著是黑乎乎的橢圓形破布似的腦袋。

一隻童年小夥伴小虎，想要從我的胃裡爬到現實世界。眼睜睜在鏡子裡看著這一切的我，內心充滿了絕望。自己怒火中燒，又急又怕，滿腔怒火都順著視線燒向了游雨靈。

「抱歉抱歉，實在是太噁心了。完全超過了本人的底線。嘔——」用天線接收到我憤怒的游雨靈終於忍住不吐了，抬起小腦袋抹著嘴巴，又在小包包裡掏來掏去。你妹的，難不成又找不到東西了。我說你沒事做換包包幹嘛，夜行服還講究搭配和時尚，她到底是哪根筋有問題？

「別，別急。找到了。」游雨靈被我的眼神嚇了一跳，將剛翻出來的兩張紙符夾在青蔥似的中指和食指之間，唸叨起鬼門咒來：「雲手霧卷，鬼門降臨。千邪萬穢，逐流而清。」

一邊念一邊打著手印，食指交纏，中指彎曲，靈活的手指左右舞動幾下。手指間的兩張符咒無火自燃，橘紅色的火光一燃起，就聽到周圍的空氣發出了一股獨特的爆棗聲。

「去！」游雨靈將火光往地上一甩，兩滴火焰落地，從落地的中心點迅速朝外輻射燃燒。汽油似的眨眼就燒到了我身上。

我本能地想要躲開。

游雨靈厲喝一聲：「想死你就躲。」

自己只好站著不動了，說實話，我就算是有心想要躲也無能為力，根本就不能動啊。火焰爬到我的腳底，將小虎模樣的怪物點燃。小虎發出刺耳得猶如污穢油膩的液體深處滲出的聲音，被燒的寸寸燒裂，化為飛灰。

我頓時身體輕了，也能動了，就連胃也不翻騰了。鏡子裡又是另一番驚人的景象。由近及遠，我身旁乃至大廳中滿地打滾的小虎都被鬼門符點燃，沒多久就消失得無影無蹤。

住院部再次恢復了平靜。我用手摸了摸嘴，哪裡還是剛才那滿嘴屎尿流出的噁心臭味，恍如一場會留下心理創傷的噩夢。

「謝謝。」我用乾啞的喉嚨道謝，嗓子沙沙的，感覺裡還殘留著那股被什麼東西撐大的幻覺。

我伸出手，想要拍拍游雨靈的肩膀。女孩急了，拚命先後跳了幾步：「我說小哥，你別碰我，離我遠遠的。兩公尺，最少兩公尺遠。」

她顯然是覺得我剛剛被鬼附身的模樣噁心死了，怎麼樣都不想我靠近。我尷尬地撓了撓腦袋，連忙岔開話題：「現在去哪兒？」

「去哪裡要你管，你也見過了，小哥你好不容易撿回一條命，很幸運。還是回病房好好躲起來，不要跟我去送死了。」游雨靈瞥了我一眼，想要將我勸回去：「要知道等一下還會發生更可怕的事情喔。乖。」

我哼了一聲：「我想聽妳解釋今天發生的事，而且，妳應該需要我的說明。」

女孩噗哧一聲笑了，純純的笑裡帶著嘲諷：「小哥，你雖然有一些小帥，也別那麼自信驕傲。我為什麼需要你說明，你能幫我什麼？」

我直視她的眼睛：「妳剛剛用的兩種道法，是鬼門符裡的明目咒和淨魔咒。全都是脫胎於一種叫做鬼門的超自然物品。那鬼門，和陳老爺子的屍體有脫不開的關聯。妳是鬼門道法中最後一脈傳承，妳小包包裡裝著的鬼門符已經不多了，用一張少一張。而且，妳完全沒辦法重新製作。」

「咦，怪了。」講到這裡，我渾身一震，突然想到了一個可能。游雨靈看起來傻白甜，但她絕對不是一個每天只做善事的聖女。她的善良也僅只有普通程度而已，所以她潛入這家醫院的目的就昭然若揭。

「遊雨靈，這個醫院裡是不是隱藏著什麼超自然物品？」我深吸一口氣道：「妳認為它或許能代替鬼門製作鬼門符？難道，這就是妳來醫院的目的？」

「難道，鬼門就在這？」

鬼門原本屬於游雨靈家族，傳承了三千年，但是最終被游雨靈的父親給了一個叫做周岩的傢伙。周岩被雅心的勢力殺掉後，鬼門也落到了我的仇敵雅心手上。

如果鬼門真的在這兒的話，雅心勢力，就一定在這兒。想到這點，我的手心死死握住，牙幫子咬緊，眼神裡閃過一絲恨意。

隨著我的話，原本笑咪咪的游雨靈從震驚、瞪大眼、到臉色鐵青。她再一次跟我拉遠距離，臉上全是警戒，沉聲道：「你，到底是誰？」

「我早就介紹過我自己了。我叫夜不語。」我指著自己的臉：「無論如何，我知道的比妳想的多得多。我認識妳，妳也認識我。雖然我不清楚為什麼你最後將我忘得一乾二淨。但是……」

「妳需要我的說明。我也需要妳的，說明。」

「你告訴我，鬼門，是不是在這個城市，甚至在這間醫院中？」

「夜不語。」游雨靈仔細咀嚼著我的名字，仍舊什麼也沒有想起來。她用力搖了搖腦袋，一跺腳：「算了，現在也不是搞清楚你身分和值不值得信任的時候。很遺憾鬼門不在這兒，我能感覺得到。」

她的話讓我有些失望。本以為如果是雅心的勢力在搞鬼，那麼一切就有解釋了。但女孩一張口就掐斷了我的猜測。可醫院中發生的事情，那些黑影，那些超自然的事件，都有著類似鬼門的影響。

女孩的臉側過去，望向了對面燈火通明的醫院大樓。那裡彷彿出現了某種令她棘手的事情。突然，她臉色變成了死灰：「糟糕，來不及了！」

說完又一次話都沒講清楚，就丟下我跑了。

我急忙在她身後追，這小妮子根本不給我鬆口氣的機會，找的全是坡坡坎坎輪椅不好走的路。幾個台階正常人一步就跳過去了，可我現在是殘疾人士啊喂，需要繞很遠走無障礙通道。

很快女孩的身影就消失在住院部隔壁的樓中，我推著輪椅拚著命，硬是沒有趕上。跟著游雨靈後面進入眼前的高樓時，我抬頭看了一眼。

暗淡的夜無星無月，夜幕下高聳的樓上掛著牌子——綜合大樓。綜合大樓中間的霓虹燈有問題，合字在頂端不斷地無規律閃爍。就像是一個被緊拽著的心臟心電圖般，隨時都會熄滅。

內心深處，不祥的預感更加強烈了。夜間的秋風颳得很烈，陰颼颼的如同四面都有無數冤魂厲鬼在遊蕩。

我打了個寒顫，連忙轉動輪椅走進大門。

這棟綜合大樓我今天才第一次來，一樓大廳和住院部沒什麼差別，只是更大些。除了等待用的一排排椅子，就是好幾個收費櫃台。樓上一層一個科室，對應不同的病症。

今天晚上的一樓很熱鬧，也許是住院部突然停電，許多家屬和醫生護士正在轉移病患。每個人都跑來跑去，忙忙慌慌。我花了好半天才將輪椅擠入電梯，想了想，準備在三樓下去。

雖然不知游雨靈跑進了這棟十三層高樓的哪一層。但既然今天她冒充大學生混入志願工群，那麼極有可能她真正在意的地方，就在三樓。

三樓，是這家私立醫院死氣最重的地方。進入那裡的病患百分之九十都會在三個月內死亡。那裡是——安寧病房。

隨著「叮噹」一聲響，三樓到了。我從擁擠的人堆裡擠出了電梯，剛踏入走廊，就看到幾個老人以及幾個護士在不遠處喋喋不休。

「張老，很晚了你趕緊回病房去吧。」其中一個護士苦口婆心地勸著。

叫張老的老爺子大約六十多歲，插著尿管，手裡抓著移動點滴架，看起來還算有精神。大約是剛入院不久。他一臉稀奇地指著自己面前的一個空間說：「周護士，妳來看看。這塊地方怪得很。妳摸摸，好怪。咦，對不對？」

他一邊說，一邊往走廊上那塊明明什麼都沒有的地方摸來摸去。偌大的走廊就他們幾個人，地上冰冷的地板顯得很沒有人情味。張老摸的位置位於走廊正中央，怪的是，就那塊地方的燈，明顯比別的地方暗一些。

我頓時也覺得奇怪，好奇地走了過去。

「老李，你也摸摸。」張老讓李老頭跟著自己摸那塊空氣，他們倆的手劃過那片虛無的位置，手掌似乎在順著什麼有輪廓的東西一直往下摸。

老李猛地打了個冷顫，不知道摸到了啥，嚇了一跳，趕緊把手縮回來。

張老哈哈大笑：「我說對了吧。這裡肯定有什麼東西，怪異得很。明明就在中央空調的熱風出口附近，但是溫度比別的地方都低。就像是站在打開的冰箱門口一樣，而且用手摸，還能摸到更冷的東西。」

「算了老張，別摸了，瘮人得慌。」老李擺著腦袋，直覺告訴他有點不對勁兒。

老張樂呵呵的，客氣地讓女護士也摸摸看：「周護士，妳也來摸摸。太有趣了，妳看這地方什麼也沒有，可是像摸冰塊似的。」

那空間大約一百三十公分高，幾十公分寬。老頭子上上下下摸個不停，想來平時也是個性格爽朗不怎麼在乎別人意見的人。

周護士沒辦法，只得摸了兩下。摸來摸去，卻沒摸到什麼：「沒東西啊，張老，咱回病房吧好不好，你該吃藥了。」

「回去幹嘛？」張老頭吹鬍子瞪眼：「咱還不知道，自從進了這安寧病房我就沒打算出去。都是要死的人了，吃藥也多活不了幾天。怪了，難道是我真的要死了，你們這些健康的人咋就摸不出來？」

三個老頭中的最後一個哈哈笑道：「老張，該不會是你娃命不久了，摸到了死神吧？」

「鬼扯喔。哪來啥子死神，咱一輩子都是唯物主義者。」老張瞪了他一眼：「老吳，不信你也來摸摸。」

老吳果然不信邪，也湊過去摸了一下。只一下，他猛地睜大了眼，一屁股坐在了地上。神情驚恐：「這是什麼。摸得老子雞皮疙瘩都起來了。」

「冰坨坨一樣冷是吧？」老張得意道。

我站在不遠處，瞪著大眼睛，一動也不敢動。老張看到了我，眨巴了幾下眼皮：「小夥子你哪個病房的，怎麼跑這個死窟窿來了。」

老人們把進了就不出來的安寧病房戲稱為是窟窿。也不知道是戲謔還是自嘲。老頭見我一聲不吭，也沒不高興：「你也想摸摸看？」

我打了個冷顫，拚命搖頭。也許他們確實是什麼都看不見，可在我的眼中，卻能看出另一番光景來。剛開始那塊空間中的確啥都沒，可是隨著這幾個老頭不停地摸，頭頂的燈變得越發暗淡。而那個位置，也出現了模糊的一團黑。

黑色逐漸變濃，變成了一個一百三十公分高，小孩身軀似的黑影。我看得不停倒吸涼氣。那黑影彷彿能吸收人類的生命力，摸它的老人們在以他們自己難以察覺的速度在變得佝僂，臉上本就多的皺紋更加密集了。

老張還在摸，上癮了似的。他的生命力不斷地被黑影吸收走，黑影的模樣更加清晰了，在我瞳孔裡清楚得過分。他黑乎乎的模糊臉孔彷彿知道我能看清自己，咧開嘴，朝我猙獰的一笑。之後整個身軀都撲到了老張身上，消失在了他的身體裡。

剛剛還很有精神，喋喋不休的老張，突然張大了眼，瞳孔發白，身體一斜就倒在了地上。點滴架也跟著打翻，倒了，撞擊在瓷磚地面，發出一聲聲的清脆回響。

周護士驚叫一聲，連忙去查看老張的情況。女護士摸了摸他的鼻息，連忙尖叫：「沒生命跡象了。快叫醫生。」

整個走廊亂成一團，老張被抬上移動擔架推走後。老吳老李傻眼地盯著擔架消失的方向很久，嘆了口氣。

「老李，回病房吧。可惜了，老張今天才住進來，我和他的象棋最後一局都還沒分出勝負。都是命啊，命啊。」老吳朝老李說。

李老頭苦笑：「住進來的都知道最後有這麼一天，老張算幸運的了，死的突然又沒痛苦。我都想和他一樣，啥都不知道就死了。人老了，最怕等死，還左等右等老是死不了。」

他們一前一後往各自的病房走。留我一個人站在走廊中央。自己仍舊一動也不敢動，我的瞳孔裡倒映著那兩人的背影。

他們駝著背，走得很慢。兩人的身後各自跟著一高一矮兩團黑色的影。那些影，真的是來收壽命餘額不足的老人們的死神嗎？

就連游雨靈也要靠鬼門符才能看清楚的東西，為什麼只有我能看得見？
我真是整個人都不好了！

第九章 死氣走廊

今晚那潛伏在醫院消毒水氣味的空氣中的黑影們，特別活躍。究竟是什麼在刺激它們？它們，是基於什麼原理形成的？

我剛剛看到的，死在糞坑裡的小虎鬼魂，十之八九是從自己的恐懼中爬出的。就如同早晨時，我看到的那緊跟著我兩天了的黑影。它明明高挑，今天也變成了女性模樣。可到了晚上就成了小虎。

也就是說，黑影會隨著人的恐懼變化。醫院裡到底是什麼力量在讀病人心底最恐懼的東西，並且將它們投影入現實世界。那些黑影，真的是在吞食對方的生命嗎？

諸多疑問，盤踞在我腦海。游雨靈的突然亂入是個契機，她肯定知道許多東西。我有預感，不久前被女道士燒掉的那一大堆小虎並不是死掉了。它只是消失了，正靜悄悄地躲在我的影子下，等待著再一次爬出來，將我拽入地獄的時刻。

足以致命的炸彈就在我身旁，誰也不清楚什麼時候會被引爆。

我看著走來走去的護士，看著面前一排排的病房門，有些不知所措。那該死的游雨靈究竟死去哪兒了？

自己皺了皺眉，抓了一個護士，對她描述了游雨靈的長相特徵後，問她有沒有見到過。女護士不耐煩地擺擺手，一臉莫名其妙：「我沒見到過這樣的女生。而且，怎麼可能有女孩大晚上穿著緊身夜行服跑到安寧照護的病院嘛！」

我撓了撓頭，也發覺自己的措辭和形容有些不恰當，乾笑了兩聲：「護士姐姐，我看妳們慌忙得很。難道是出事了？」

「我也不清楚出了什麼事，總之大家都快要忙瘋了。就剛剛兩個小時前，原本還好好的老人們突然有好幾個心臟驟停，手術室和急救室全滿了。你說我忙不忙。」女護士跑走後，還碎碎唸著：「還要應付你們這些莫名其妙抓著別人就問奇怪問題的病人。咦。」

她跑了幾步，回過頭來看了我一眼：「你是哪個病房的？」

「肯定不是安寧病房的。我就偶然路過看妳們忙得慌，隨口問問。」我撇撇嘴，裝作要離開。

護士確實很忙，顧不得管我，吩咐了一句：「那趕緊回去。對了負責你的護士有沒有告訴過你一件重要的事？」

「啥事？」

「貼了紅紙的房間，千萬別進去。」女護士挺好心的，加重語氣告訴我後，急忙又忙去了。

我眼皮跳了好幾下。昨天酒窩女護士文儀認真跟我說這句話的時候，我還有些不在意，直到在貼了紅紙的公共廁所裡遇到怪事後才認真對待。沒想到第二天換了個科室換了個護士又聽到了同樣的話。

果然，衡小第三醫院並不是單獨的科室出了問題，而是整家醫院都有問題。

見沒有人在意我後，我慢吞吞地往嚴老頭的房間走去。先敲了敲門，沒人回應。再敲了敲，終於一個乾啞的聲音回答了：「誰？進來。」

我推門移動了進去。

嚴老頭精神挺好的，正在看電視。他抽空轉頭看了我一眼，愣了愣：「我還以為是張護士。結果是你小子，怎麼志工晚上還要工作，開導溫暖我這個老頭子了？」

「呃，不對。你怎麼穿著病服？」沒想到嚴老頭腦袋還挺好使，他瞅著我身上的衣服，沒反應過來：「你娃早晨還好好的，下午就進醫院了。搞什麼鬼？」

「沒事，中午不小心吃壞了肚子，食物中毒了。醫生讓我住院觀察幾天，應該沒大礙，過幾天就能出院了。」我隨便編了個理由：「這不，醫院裡住的無聊。我想著早上跟您老聊得挺開心的，就跑來您這兒打秋風、消耗時間來了。」

「找我這個要翹辮子的老頭消耗時間，你娃的愛好還真獨特。這家醫院收費雖然貴，可是人家護士小姐的水準高，我看你小子還沒結婚吧，要不我介紹幾個高水準的護士美女給你？」嚴老頭嘴還是那麼毒，而且毒得與時俱進：「免得你小子每天練手速。」

我正要說什麼，猛地，眼角竟然看到了某個東西。頓時一身冷汗，再也說不出話來！

□

什麼都是命，可唯獨「命」這個字，游雨靈從來就不信。自從六歲失去父親後，就更不相信了。她這輩子最大的使命，就是將不負責任的父親隨便送出去的鬼門重新奪回來，鎮壓回那早已空無一人的家族祠堂中。

為了這個使命，她不惜一切。雖然每個人都說她少根筋，每個人都說她是路痴，擔心她離開熟悉的環境就再也無法回去。

可回去又如何。人有來路，有去路，有前途，會戀愛，會死去。游雨靈並不是太在乎自己的人生會變成怎麼樣。她沒朋友，遊蕩在一座又一座城市尋找鬼門的線索。這幾乎是支撐她活下去的，全部動力。

家族三千年的輪迴命運，鬼門道法最後的傳承人。這腦迴路很長的女孩，這肩膀很柔弱的女子，強行將一切壓力狠狠壓在肩上，沉重地扛著。她，不要退路。

游雨靈弓著腰，如幽靈般遊蕩在醫院的走廊上。夜行服很單薄，凶厲的陰風颳在身體上，冷徹心扉。她一邊跑，一邊在疑惑一個問題。

那個自稱夜不語的傢伙，到底是怎樣一個怪人。他的名字讓自己覺得熟悉，明明從沒有聽說過，可偏偏他吐出自己名字時，游雨靈彷彿碰到了很久以前就認識的好朋友。對他，游雨靈缺乏防備。

這可不是什麼好事。自己腦袋本來就笨，如果再對一個陌生人毫無防備，就太糟糕了。萬一被別人賣了還傻乎乎的替他數錢呢？所以她不斷地想要將他趕離自己身旁。

「好冷。早知道買一件厚點的衣服。」夜色裡，游雨靈右手腕上一串黑色的珠子不時閃爍著淡淡的幽光。

「那個叫夜不語的真的很奇怪。」女孩輕輕摩擦了手串幾下：「明明我帶著祖傳的鬼門珠，一般人不會注意到我的存在。唯獨這個夜不語發現了我，他甚至還能看到我都看不見的東西。」

最古怪的是襲擊夜不語的那一大堆黑影。那些死氣形成的聚合體竟然密密麻麻有那麼多隻，每一隻都如同真的。猝不及防下將游雨靈嚇得不輕。她在這家醫院也潛伏了些時日，平時死氣跟宿主之間的關係，也不過是薄薄的一層黑灰而已。

但是這幾日死氣開始沸騰，猶如一滴水丟進了油鍋中，黑影全都啟動了。至今游雨靈也沒搞清楚到底是怎麼回事。

「必須把啟動的死氣壓回去，否則，這家醫院裡沒有活人能逃得出去。」女孩一咬牙，奔跑的速度更快了些。

時間不等人，留給她的機會不多了！

醫院的走廊在眼前延伸，這條筆直的通道在別人的眼中乾淨整潔、明亮舒服。可是在游雨靈的視線裡卻充滿了污穢。黑色的死氣蔓延在四周，遇到病人就纏上去，靜靜潛伏在病人身旁。最終將病人包裹住，變成人類體表外一層油垢似的存在。

每個人都有靈，皮膚會不斷往外洩露生命氣息。被死氣堵住了命的，那和堵住口鼻無法呼吸一個道理，最後的下場用膝蓋想都知道結果。

「滾開。」游雨靈厲喝一聲，雙手結印，將迎面纏上來的一團死灰色的黑影打散。女孩蹲在一扇門前，仔細觀察了幾眼地面的情況。

黛眉微皺後，她小心翼翼地從貼身的包包裡取出一個小巧的瓶子。透明的玻璃瓶裡裝著沒有顏色的水。游雨靈將瓶蓋擰開，瓶口微微傾斜，把透明液體倒了些許在地上。

那液體極為粘稠，猶如膠水，黏在地上彷彿一滴水珠。女孩嘴裡唸叨了幾句模糊不清的咒語，手指探入地上液體中，手俐落畫出一條筆直的線。

門檻被液體形成的直線封鎖，走廊上的黑氣偶然遊蕩過去，竟然如同碰上了無形的障礙，再也沒辦法進房間。

「又搞定一個缺口。」女孩擦了擦額頭的汗，臉上沒有絲毫的喜悅。情況在惡化，惡化的速度令她猝不及防。她甚至沒搞清楚是什麼原因引起的。

游雨靈就這樣一扇門一扇門的流竄，不斷地補缺口。不知不覺間，她來到了走廊盡頭的一扇門前。

女孩像是突然看到了什麼極為意外的東西，整個人都呆在了原地。

她站在這扇門前，久久都沒有動彈。眼前的門並沒什麼特殊的地方，唯獨門的上方有些怪。貼近門縫的位置，赫然貼著兩張正正方方的紅色紙張。

良久，遊雨靈終於動了。她推開這門，一咬牙走了進去。

普通的病房門後方，在女孩一進去後就牢牢地合攏了。游雨靈一陣恍惚，她的眼睛看到了另一番景象。明明門上的標籤寫著工具間，但是這裡邊哪有什麼工具間的樣子。

按道理工具間也不可能大到哪兒去。不過在女孩的眼前，竟然是一片一望無盡的起伏的山巒。黑夜為這片山巒蒙上了墨色，清風吹過，吹起了青草的香味。伴隨著野山特有的花香，令女孩大皺眉頭。

「幻覺？」游雨靈從包包裡抓了兩張黃紙符緊緊拽在手心，雙手結印，口中念念有詞：「天靈靈，地靈靈，家仙香火不安寧。灶墳前頭多穢犯，開爾羽障暫態明。」

她交合的雙手用力扯開，將燃燒著幽藍光芒的符紙，在閉著的眼皮子上一擦。火光浸入她的眼。游雨靈眨巴了幾下眼睛後，再次睜開。明目咒的火焰燃燒著她的瞳孔，可是就算如此她也沒有看出眼前的風景和剛剛有什麼不同。

夜還是夜，山還是山。就連吹在臉頰上的風也依舊那麼的真實。最不可思議的是，這片山讓游雨靈感覺有些熟悉。她似乎曾經來過！

「這裡是？」女孩蹲下身，隨手扯了地上一根草，用手撚了撚。觸感真是無比真實，就連草葉的細胞壁被撚破裂後滲出的水，微微將手指染綠的細節都毫無差異。

「不是幻覺？」游雨靈漂亮的眼睛閃過一絲疑惑。剛剛明明在醫院綜合大樓六樓盡頭的工具間，怎麼可能一眨眼的功夫就來到了山上？醫院附近並沒有山，如果有，最近的山也離這兒幾十公里遠。

這裡，到底是哪？假如真的不是幻覺，那她到底又陷入了什麼糟糕的境地？無論如何想都不覺得是好事。

女孩想了想，決定往前走一段瞅瞅情況。工具間頂多只有十幾公尺，既然自己的鬼門道法無法勘破幻覺，也不清楚這究竟是不是幻覺。那麼就用物理性的解決方案。筆直地朝著直線走，只要多走幾公尺，應該就會碰到牆壁。

她走了一步，兩步，三步，幾十步，一兩百步。哪怕已經有了撞額和鼻子的心理準備，最終什麼也沒有撞到。這比什麼都撞到更讓她不好受。

周圍的風景隨著她的移動而移動，她緩慢地走到了這座山的盡頭。面前是一個懸崖，懸崖下另一座山谷的半中央在黑夜裡閃爍著星星點點的亮光。看起來是一個不大的小山村。

站在山頂的女孩，穿著黑色的夜行服猶如融在了那夜色中。她輕輕扯開夜行服的頭罩，風從她身上颳過，颳起了瀑布般烏黑的秀髮。

女孩英姿颯爽，就連醜陋的夜行服也無法遮蓋她的美麗。也無法遮住她突然爬上臉頰的那一絲痛苦。

看著遙遠的屹立在幽俏山巒間的村莊，彷彿勾起了女孩心底深處最難受的記憶。游雨靈咬住上嘴唇，不知不覺間，用力得幾乎要將嘴皮咬破了。

「哼，竟然是這裡。竟然將我帶到了這裡！有夠大膽的，無論是什麼將我帶到這兒，我都要讓它付出代價。是人，就殺了他。是物，就砸碎它。」憤怒沾在女孩整潔的牙縫間，她的話彷彿是一種誓言，雖然小卻盪在風中，久久不散。

說完後，她腳步不停，再也不猶豫地朝小山村跑去。

走著走著，她又迷路了。

「沒理由啊，雖然我是路痴我知道。可這一次本姑娘是認真的，我明明都死盯著那個山村在走了。」游雨靈鬱悶地撇撇嘴：「難道是鬼打牆？幻覺裡也有鬼打牆一說嗎？」

她掏出羅盤看了看方位。那不知道多少歲月的羅盤上花紋繁瑣，中間那根磁石針，被掏出後就兀自開心的自個兒亂轉個不停。

「定！」游雨靈抬手在虛空中捏了幾個手印，食指對準指針壓下去。

左右亂晃的磁石針頓時停了下來，乖乖的指向九點鐘的方向。女孩猶豫了一下：「我記得山村的方向明明在另一面，算了算了，我的方向感本來就不可信。」

她朝著羅盤的方向又跑了一段，一路黑燈瞎火，剛剛還露了一臉的明月不知何時躲進了黑壓壓的厚雲中。女孩感覺離山村似乎越來越遠的時候，只聽天空一道霹靂打在對面的山頭上，接著就是悶聲悶氣的雷。

劈哩啪啦的雨隨之而落下，劈頭蓋臉的淋了遊雨靈一腦袋。她趕緊將夜行服的帽子戴上，略有些小得意：「本姑娘就知道該花錢的時候絕對不能省。老闆推薦我普通料子的，我就偏偏買了貴點卻防雨的。」

暴雨傾盆，連珠炮似的雨滴打在她身上，就像是「啪啪啪」的打她的臉。那件她高價買下據說能防雨的夜行服一點都不防雨，挨著水就將她淋得透心涼。

游雨靈趕緊跑到一棵樹下避雨，就在這時，她看到了一個熟悉的身影。那個身影高大挺拔，穿著粗布的道服。道服實在是太老舊了，縫縫補補的地方就連黃色都不整齊，顯得很是滄桑。

一個中年男子手裡拿著羅盤，目光炯炯有神。他望著遠處的方向沉吟片刻，似乎在想什麼難題。男子的臉上有幾道深邃的疤痕，他戴著破爛的斗笠，絲毫不在意瓢潑雨水將自己淋濕。

「老爸。」游雨靈捂住了嘴巴，拚命忍住眼淚。哪怕明知道這只是醫院裡那個擁有超自然力量的東西為了弄死自己而形成的幻覺，但是時隔十多年後再次看父親的臉，她的眼眶還是濕潤了。老爸在她六歲時出了一趟門，就再也沒有回來過。對他的記憶已經很淡了，不過女孩仍舊一眼將他認了出來。

老媽艱難地將自己拉拔大，說游雨靈一點都不怨他，那怎麼可能。畢竟如此長的時光，她從幼童開始青春叛逆，再到發誓要將鬼門奪回，如此長的時光。僅僅只能依靠那寥寥幾張爸爸的照片慰藉。

說完全不想爸爸，那怎麼可能。但是想他時，家裡的那幾張照片，又怎麼可能夠。隔著很遠，老爸不停地挪動腳步在觀山觀水。游雨靈看明白了，爸爸在找風水。既然是找風水，那一定是在替什麼人點脈穴。十多年前社會雖然結束動亂安定了許多，可是牛鬼蛇神等等迷信還是不能在光天化日下冒出頭。

當初所謂的算命、看風水是和黃賭毒中的黃，也就是賣淫，都是同一等級的打擊目標，甚至就連警局負責的部門都一樣。雖然游雨靈年紀小，但她還記得，不能明目張膽地替人看風水、算命、點墓穴，讓什麼都不會幹的父母過得非常辛苦。窮，伴隨了小小的她很長很長的時光。

父親竟然眉目凝重地在替人點穴？他在為誰點穴？怎麼心事重重，彷彿遇到很為難的事情？

游雨靈很疑惑。在她的心目中，自己一家和那些裝神弄鬼的算命先生以及風水、驅魔師都不同。有鬼門道法防身，有真材實料的鬼門符咒。隨便弄一手都能取信於人。爸爸的法力很高，比現在的她都高多了。

如果他都覺得棘手，那麼這次的事情肯定不尋常。

想到這兒，女孩猛地渾身一震。她在顫抖，她想到了一個可能。難不成這個幻覺的時間點，是在自己六歲時，爸爸最後遇見的那件事？

不！根本不用猜想，醫院裡的神秘物品本來就能牽引出人類最深層的恐懼。自己最害怕什麼？雖然她一輩子都羞於承認，但游雨靈心裡明白得很。她一輩子都在惱怒痛恨爸爸不負責任的死掉，丟下她母女倆痛苦的生活。她恨父親將鬼門送給了沒有關聯的人。

最後，就連鬼門也失去了下落。他所謂的傳承人周岩，則被人殺掉了。

她恨的東西有許多許多。可沒有一件，能和父親的死亡相比。游雨靈冷哼了一聲，她倒要冷眼看看，醫院裡潛伏的那個東西，究竟想要怎麼屈服她的意志。

站在遠處的爸爸終於結束堪輿，似乎找到了滿意的地點。背影一閃，離開山頭，在冰冷的雨水中朝山下跑去。

游雨靈跟著父親的背影，遠遠地跟在他身後。這次有人帶路，她沒有犯迷糊。走著走著，可突然，父親有所發現似的，猛地停住了腳步。

他一聲冷哼，厲喝道：「背後是哪路朋友？我游某人靠山吃山靠水吃水，身上清清白白。想要在游某人身上打秋風，朋友恐怕是打錯了算盤。」

父親轉過身來，嚇得游雨靈打了個冷顫，連忙躲在一邊。她的心臟怦怦跳個不停，以為跟蹤被爸爸發現了。轉念一想，他姑奶奶的明明只是幻覺而已，幻覺裡的人怎麼可能看得見自己。

她剛想自我嘲諷的一笑，很快，女孩就再也笑不起來了。

本以為是幻覺的這天地，這父親的身影，這劈頭蓋臉的雨水，還有爸爸那看向她目光如炬的眼神，都分明在訴說著一件事。

這，不僅僅只是幻覺。父親，看見了她，正在和她說話！

第十章 屍土

天空落下的雨，彷彿落進了游雨靈的心裡，冷冷的。既然被發現了，她也乾脆地走了出來。

「女人，妳穿的什麼奇裝異服？」父親見到游雨靈的夜行服，皺了皺眉，警戒往後退了幾步。並沒有因為她是女生而打消防備。

「道友，我看那邊山頭戾氣熏天，怕是有禍事發生。特地過來看看。」游雨靈一翻手裡的羅盤。這羅盤是前不久買的，沒什麼靈性，但是也算中規中矩。

「天師教的羅盤。」父親打量了羅盤兩眼，沒再開腔。兩人沉默了片刻後，父親勸道：「既然是女道友，我勸妳不要去那個地方。最近村裡發生了一件事，很棘手。死了好幾個道友了。我看妳羅盤並沒有開光……」

游雨靈聽懂了。他言下的意思是妳去了也沒用，裝備一看就是仿製品，道行看起來也不深。去了也就是送死罷了。

這傻女孩本就經常冒傻氣，一聽死掉的老爸居然這麼說她，也不管自己是不是在幻覺裡。氣惱道：「來都來了，我就想去看看。不怕實話告訴妳，死在我手裡的怪東西可不少咧。」

游雨靈有些小得意，這十多年來驅妖除魔的事雖然一件也沒有，但是超自然事件也沒少遇到。自己拚著鬼門符咒賺了好多錢，成了小富婆一枚。

她也算看透了，世上哪有什麼妖魔鬼怪。怨氣也好，戾氣也罷，背後或許都躲著某種超自然的物件在作祟。

游雨靈的老爸聽她莫名其妙地發了小性子，沒搞明白自己怎麼就得罪這位穿著奇怪的女道姑了。但他們父女倆真一個德行，脾氣和基因都怪得很。老爸木訥一根筋。女兒路痴加不定時發神經。

「去就去吧，自己當心一些。我這次自保都難，真遇到危險了，我上有老下有小肯定顧不上妳。」老爸沒再繼續勸下去，率先往前走。

游雨靈掏了掏自己的耳朵，總覺得這句話怎麼那麼耳熟，好像不久前自己才跟誰說過同樣的句子。

他們一路無話，一前一後的往黑夜中唯一亮著星星點點燈光的村莊跑。看山跑死馬，接近一個半小時才到村口。

這是山巒間一小塊平地上的小村莊，村裡靠著梯田過活。一條潺潺溪水從山頂緩緩流下，發出好聽的滴滴答答聲。山清水秀映照中，平靜的小山村上空卻密佈著厚厚的烏雲，彷彿有什麼凶厲的東西潛伏在這片寧和裡，想要將所有人吞噬。

「好強的戾氣。」越是靠近這平和的小山村，游雨靈越是心驚肉跳。遠看這個地方她就早覺得不對勁兒了。靠近後那股驚人的難受感壓得她透不過氣來。就連手上那假天師教的羅盤，也開始唰唰唰地轉個不停。

不多時，羅盤的指針從針座上脫落，木蜻蜓似的猛飛了出去。還沒來得及反應，這木製的羅盤已經「啪」地一聲，在女孩的手心裡裂成了兩半。

游雨靈倒吸了一口涼氣。老爸不動聲色地瞥了她的手一眼，那眼神彷彿在說「妳看吧，還沒進村子連羅盤都沒了。還不走留著當烤肉啊，趕緊的！」

女孩頓時被自己的腦補弄得更氣了，隨手將羅盤一扔，掏出另一個羅盤來。這羅盤來頭可不小，是她在一次佳士得秋拍時撿漏拍買到的正品天師教羅盤，不但開過光，看年頭也有上百春秋。父親那窮操光蛋恐怕見都沒見過。

這羅盤一拿出手，指針就轉得更快了。眼看就要步上前一個的後塵，游雨靈惱了，捏了一個手印，將一張紙符貼在羅盤上唸唸有詞。羅盤的靈動終於被壓了下去，恢復了正常。

父親完全沒察覺到一旁的女道姑在鬧脾氣，走到村前只殘存了一半的牌匾下。沒過多久有幾個人就迎了過來。

「找到了嗎？」那幾人都穿得破破爛爛，在那個年代，山裡人基本都是這個模樣。灰褐色的粗布棉衣，髒兮兮的像很久沒有洗過。滿衣服的補靪不說，有的人棉褲連腳踝都遮不住。

十多年前深山窮苦人家幾乎一家人就只有一兩條褲子，誰要出去見人誰穿。輪著出門幹農活。游雨靈心裡暗暗替自己的幻覺叫好，連細節都還原得如此精細。醫院裡隱藏的超自然物品，又讓她更期待了。

「幸不辱命。」父親對一個穿得稍微得體一些的老人說：「村長，本人找到了一個上好的墓穴，應該能埋得住他的屍身。」

「太好了，太好了。」村長驚喜道：「事不宜遲，我叫醒整村的人，一起去抬棺材。」

「現在不急。」父親掐指算了算：「挪棺材至少要等到三更天，還需要再準備一些東西。」

他列了一些東西交給村長，村長認識幾個字，看了並不長的清單後，臉上露出了為難：「黑狗血還容易弄，可這黑雞和黑山羊的血一時半會兒湊不到啊。糯米也不夠。真把那麼多糯米全拿出來了，全村的人撐不到明年就要青黃不接了。」

「如果湊不齊，一整村人恐怕也活不到下個月了吧。村長！」父親語重心長地說。

村長似乎想到了什麼，手不停的哆嗦。他身後的人也恐懼不已。最後老人一咬牙，狠狠點了點頭：「行。只要命在，糧食算得了什麼。啃樹皮吃野草也能熬過去。咦，道長，你背後的姑娘是誰？」

爸爸瞥了奇裝異服的游雨靈一眼：「路上遇到的女道友。她說她看到這裡怨氣驚人，想來看看。」

「胡鬧。」村長吹鬍子瞪眼，走到女孩跟前趕她走：「女道姑，這可不是什麼遊山玩水的好去處，搞不好命都會丟在這裡。快走快走。」

游雨靈眼睛圓睜：「村長，你哪隻眼睛看到我會死在這裡？我也是有道行的好不好。看好了！」

她手一翻，掏出兩張紙符俐落地結了幾個手印。手印時而像是游魚飛鳥、時而像是繁華綻放，最後以疾風驟雨收尾。手指間的兩張黃紙符在結印的時候隨風點燃，只見她用燃起的火符分別在村長的雙肩、眉心上點了點。

村長整個人都定住了，好久才緩過神來。

「舒服點了嗎？」纏繞在村長身上，肉眼可見的驚天怨氣消失得一乾二淨，游雨靈很滿意。

「舒服，舒服死了。」老村長腿也不痛了，腰也不彎了，被游雨靈神奇的手法弄得心悅誠服，直叫仙姑。

她得意地看了老爸一眼，老爸卻哼了一聲，顯然對她這裝神弄鬼的小手段很不屑。

本來還神清氣爽的游雨靈，頓時不爽了！她姑奶奶不爽起來，就肯定有人倒楣。

無論那個人是不是她死鬼老爸。

「棺材還埋在土裡嗎？」老爸問村長。

村長連連點頭：「在。前些日子一位道長拚死用盡最後法力將棺材釘入了土中。可最終遭到反噬噴血而死。埋得土淺了些，今天的秋雨一下，恐怕就會將棺材上的土沖乾淨。」

「事不宜遲，我們趕緊過去。」聽完這句話，老爸略有些擔心：「那只棺材見不得光。」

游雨靈眨巴著眼，她很好奇。雖然明知道父親會死在這兒，但具體情況母親沒有詳細提到過。或許是為了怕女孩想不開替父報仇。

她和老爸一起抬腿向村子裡走去，兩爺子走路的姿勢也一模一樣。沒走多遠就聽到村長的大喊聲：「兩位道長，你們去哪兒，走反路了。」

兩爺子一看周圍環境，頓時兩張臉都羞得發紅。估計路痴這種病是遺傳，游雨靈她老爸和她一個德行，也路痴得不得了。兩人明明是順著村子的燈光在走，走著走著就拐著彎，呈U字形，歪歪扭扭地踏上了通向村外的來路。

「這一定是村子裡的怨氣太重，鬼打牆了。」游雨靈斬釘截鐵地對村長說。

老爸也厚著臉皮，乾咳了兩聲：「對，這絕對是鬼打牆。」

這傢伙來的路上也沒少迷過路，能順利到達真是難為他了。帶路的村長目瞪口呆，這兩傢伙真的可靠嗎？明明村裡就一條路，他們三人同時走，還有自己在前邊。他都沒有遇到鬼打牆，怎麼偏偏兩位道長就迷路了？還是說有道行的人才會被鬼打牆？

沿著小村莊彎彎曲曲的路，順著上坡來到了村頂上。村子裡人不多，許多年輕人都跑城市裡討生活去了。最近幾年城市的活躍經濟並沒有帶給小山村多少現代的物品，村裡甚至還沒有電。用的是蠟燭。

剛來到山頂時，雨終於停了。黑夜中的天際，一輪明月從厚厚的黑雲裡躍出，把山坡照了個通透。

爬完最後幾個土階梯的游雨靈看了眼平坦的地勢後，頓時倒吸一口涼氣，她額頭上爬滿了細密的汗，顯然嚇得不輕。

風水上有九種陰陽煞氣最兇險的地形地貌，這塊山坡就占了三種。坡頂雖然平整，不過卻有許多嶙峋怪石裸露在地表。裸岩頑石是吸收陰氣最強的物質之一，而陰氣則會對人精神上產生負面作用。

夜色中，坡頂的怪石猶如無數個凶靈惡鬼，散發著驚人的煞氣。再加上地面水土流失不輕，偌大的山坡只剩下最中央的一小塊地方還有些土壤。那殘留的土壤也不簡單，是黑色的。遠遠看去，比夜更黑。彷彿黑洞般，在不斷地吸收光線。

「這是什麼土？」游雨靈愣了愣，她這輩子都沒見過如此邪氣的黑土。

「屍土。」父親回了一句：「本道也是第一次見。」

屍土？游雨靈搜刮遍了記憶，終於回憶起某本看過的典籍。所謂的屍土，是人或動物死後，屍體被微生物分解產生了體液。那些被屍體液浸透的土，才是屍土。屍土最大的特徵是黑。無論是哪種顏色的土被屍液浸泡久了，都會變黑，沒有例外。

可一具屍體能分泌多少屍液，屍土也只會出現在死者沒有物理隔絕土壤的情況下，量也很少。但是眼前山坡上的黑土雖然面積也不大，但直徑卻絕對超過了十公尺，深度未知。游雨靈簡單的估算了一下，眼前的屍土絕對不止百噸重。

究竟要埋多少腐爛的屍體，才能變出如此多的屍土？

許是父親看出了游雨靈的疑惑，低聲道：「道友，很難以置信吧。這座山上頭自始至終，只埋了一具屍體。」

游雨靈打了個寒顫，驚聲道：「一具！怎麼可能！」

「而且那具屍體，死的時候還在棺材裡。」父親又道：「這座山，一個月前也不是現在這個荒涼模樣。雖然土不算多，卻也有好幾畝薄田。」

「你是說水土流失露出土下的岩石，是這一個月內出現的？」游雨靈更吃驚了，如果沒有人為因素，單單靠大自然的風吹雨刮，想要將土壤全部從山坡帶走，哪怕是來幾次大型土石流恐怕都需要幾萬年時間。

一個月內，山坡上的泥土沒了，草木沒了，那幾畝本應存在的薄田連影子都沒了。這是怎麼回事？到底是什麼造成的？女孩感覺眼前的一幕，完全挑戰了她的世界觀。

村長一走上山坡，整個身體就開始發抖，顯然是怕得厲害。他領著兩人往那片黑土中央走去。沒走幾步，他就停下了。

「兩位道長請，我身體不好，禁不住折騰，就不往前走了。」村長來到黑土的邊緣，沒膽量往黑土中看哪怕一眼。

游雨靈皺了皺眉，雙手各掏出一張紙符，虛空點燃後往眼睛上一擦。火光在她的瞳孔裡一閃即逝。藉著道法，她看到了普通人看不到的另一幅場景。黑土上充斥滿密密麻麻的黑霧，霧氣碰到乾淨的空氣就翻騰。每一寸空氣被黑霧染過後，頓時失去生機似的，死氣沉沉。

女孩明白，那黑霧有毒。毒性劇烈到連空氣裡的微生物也死絕了。在黑土的正中間，淺淺埋著一具在她瞳孔裡黑得發亮的長方形物體。應該就是村長口裡的棺材。坡頂的驚天怨氣，正是從棺材裡露出來的。在棺材的四周，還有三具穿著金黃道服的屍體，不知死多久了。屍身半埋入土中，像是在一點一點地被屍土吞噬。

父親和游雨靈知道那黑土兇險，都沒有再往前走。他倆同時站在黑土邊緣，打量著周圍的環境。不知是不是錯覺，游雨靈感覺自己在使用道法後，老爸看她的眼神有些奇怪。女孩再三確認自己應該是沒有用過鬼門道法，應該不會被老爸看出端倪來才對。

但不知為何，她心裡隱隱仍舊有些不安。聽母親說，爸爸不太好相處。可這次在幻覺裡碰面，自己老爸並不是什麼難相處的人啊。

游雨靈在心裡嘲笑自己，明明只是幻覺而已，自己的身體還留在衡小第三醫院的工具間中。誰知道這些幻覺想要達到什麼目的。她可不能入戲太深了！雖然有好幾個時刻，游雨靈也懷疑，為什麼幻覺會如此真實。為什麼許多就連她也不清楚的細節甚至情節，幻覺也能再現出來。

這，真的僅僅只是幻覺嗎？

「村長，東西準備的怎麼樣了？」父親掐指算了算：「離三更天只剩下四個小時了。時間不多啊，如果三更天還沒辦法將棺材抬起來，大家都逃不掉。」

「我已經派人去挨家挨戶地催了。快了，就快了。」村長也很急，連聲吩咐身旁一個稍微年輕的村民儘快將東西抬上來。

「屍土裡埋的棺材是怎麼回事？」游雨靈忍不住好奇問。

父親回道：「這是一個悲傷的故事。」

女孩瞪大了眼，我母親口中那個木訥不多話的老爸居然在裝文藝。

「棺材裡裝著一個村民，叫王才發。死的時候大約七十三歲，是個可憐人。」父親緩緩說著：「這個村子叫文采村，據說在清道光年間還出了一個狀元。深山裡出狀元可是了不得的大事，至今那件事還記載在族譜上。狀元的名字也在祠堂裡供奉著。」

「但是王才發的命不好。」

通過老爸的講述，游雨靈終於明白了來龍去脈。七十三歲的王才發命真的不好，八歲時父母就去世了。奶奶拉拔他到十歲也走了。十歲的他一個人耕田做飯，青黃不接的時候餓了就去偷同村人的糧食，甚至還吃過沒熟的稻子。

好不容易艱艱難難地熬到成年。沒父母的王才發太窮了，破屋子破瓦，就連村裡的幾畝薄田也是在山頂上，地勢最差的，種的糧食經常被山風吹得歪歪倒倒，出產不多。自然也沒有姑娘願意嫁給窮困潦倒的他。

等王才發熬到了四十歲，終於不知從哪裡撿了個聾啞媳婦。好沒兩年，媳婦懷孕了。他沒錢請產婆，媳婦難產，母子都死了。王才發將母子屍體埋在土坡中央的田地裡，終身沒有再娶妻。

到五十歲的時候，在同村人家中過繼了一個養子，希望養子替他養老送終。沒想到養子也覺得他窮，成年後跑回了自己家裡。死前一個多月前，他感覺自己來日無多，就弄了口楸木棺材，托人遞了條子給養子，希望養子能回來照顧他最後一程。

他的錢物全給養子，自己也好落得個善終的局面。哪知道養子表面上答應了，回來替他送了兩頓飯，結果就捲了他的錢物跑出了村。

王才發本來就病得厲害，只能躺在床上。眼巴巴地看家裡糧食空了，養子也不送飯了，想著也沒人在死後埋自己了。

於是在一個雨夜，他自己拖著病重的身體，趴在地上一點一點地將楸木棺材從房子裡拖出來。拖到幾百公尺外的田地中央，用手一下一下的刨土，想要刨一個坑出來，將自己埋在聾啞妻子的身旁。

可剛刨了一半的坑，他就死了。

王才發住得偏僻，地勢又高，平常也不和別人來往。村民是半個月後偶然才發現他屍體的，當看到他屍身的時候，幾乎所有人都嚇了一大跳。王才發死的時候是三九伏天氣，熱得很。火爐般的太陽幾天就能將活人曬成肉乾，更不要說是屍體了。

天熱屍體腐爛的速度就快。但是王才發的屍身烈日下不要說腐爛了，就連水分都沒有蒸發。看起來彷彿睡著了。有膽大的村民碰了碰他的手，硬邦邦的如同石頭。皮膚角質化嚴重。

對於無兒無女的老人，又是橫屍荒野，根據族規是不能放進家族墓地埋葬的。幾個村民便合夥就著王才發挖了一半的坑，將他扔進自己準備好的棺材裡，草草了事了。

墓地一堆新土，沒有墳包，沒有花圈、招魂幡。甚至就連墓碑也沒有。將死的王才發沒力氣，土挖得淺，棺材自然也埋淺薄。第二年開春，春雨一下，就將棺材沖了出來。直到同村一個惦記著王才發山頂幾畝薄田的村民橫死在山上時，村子裡的人才覺得有些古怪。

村長帶著人去看，才發現王才發的棺材已經大半露在了土外。棺材蓋也半開半掩著，彷彿有什麼東西從棺材裡出入過。

死掉的村民渾身發烏、好好一個壯年漢子萎縮得像是個曬過頭的乾棗。村長摸了摸他的手，乾巴巴的，全身的血都沒了，頓時嚇得不輕。

第二天晚上，靠近王才發家附近的一戶人家，連人帶畜生，全部死絕。無論是人、還是雞鴨豬狗，屍體都萎縮了一半。身上的血全被啥東西吸光了。村長有些見識，連忙派幾個親信去城裡找高僧道士來看看。

其中就有游雨靈家的老祖宗。拚著死了好幾個道人，老祖宗終於借用鬼門的力量把屍體變異的王才發鎖死在棺材中，又用鬼門道法藉九九八十一根狗血墨繩將棺材封印，埋入深深的土中。

老祖宗叮囑當時的村長，讓其將山頂列為禁地，不准任何人進出後才拖著傷痕累累的身體離開。他走後果然村裡的怪事消失了，可惜好景不常。離文采村不遠的地方有一座山，山上有一群勢力頗大的悍匪。悍匪搶得多了，來往的行人也就注意著儘量不朝悍匪的勢力範圍去。

多日沒有開過葷的悍匪急了，他勢力大也就意味著需要的吃用也多。沒買賣做，就只能明搶了。悍匪搶到了文采村，將村裡糧食值錢的財物搶劫一空。所謂人心不足蛇吞象，在逼問村長有沒有藏什麼好東西時，偶然發現許多村民都畏畏縮縮地看向山頂。

悍匪頭領以為村民們果然是偷偷藏了寶貝，跑去山頂一陣亂挖。就連被深埋進土裡的王才發棺材都挖了出來。

什麼都沒有找到的悍匪怒了，從棺材裡拿了幾個看起來還算順眼的東西才離開。

村長嚇壞了，急急忙忙又派人去找游家的老祖宗。

老祖宗看到王才發屍身的時候非常奇怪，雖然他的屍體仍舊沒有絲毫腐爛的跡象。可沖天怨氣少了許多，臉上的污穢之氣也減弱了。再次將王才發放入棺材中封印好，他也沒有搞明白是怎麼回事。

聽村民說悍匪從王才發的棺材裡拿走了幾樣東西，老祖疑惑不已。一個窮得娶不起媳婦的鰥夫棺材裡能有什麼值錢東西值得悍匪拿走的？

再想想，王才發的屍變也頗為離奇。雖然他死得確實很屈辱悲涼，但總歸也是壽終正寢，不應該有那麼大的怨氣。

到底王才發死前自己給自己刨坑的時候，在棺材裡放了什麼當陪葬品？究竟悍匪拿走了什麼東西？沒人知道，這成了一個謎。

沒多久後，一山的悍匪，足足一千多人一夜之間慘死山寨中。更沒有活人知道，當日他們從王才發的棺材裡拿走了啥。

文采村再次恢復了平靜，人們對王才發的恐懼隨著時間流逝逐漸模糊。有人開始在王才發的土地上耕種，直到一個月前發生怪事，村裡又開始死人為止。

隨著父親將整件事的來龍去脈講完，游雨靈陷入了沉思中，良久她才問：「那是哪年發生的故事？」

「大約一百年前吧。」

父親剛回答完，就聽到山坡下陸陸續續傳來了沉重的聲音。村民們終於將他需要的東西準備妥當，抬了上來。

看著那一筐筐數量極多的糧食，礦物以及牲畜，游雨靈臉皮抽了抽。黃酒、雄黃、朱砂、糯米還有黑山羊黑狗，東西多到半個山坡都快放不下了。文采村的人為了活命可算是下了血本。

父親忙碌地準備起來，游雨靈站在山畔邊緣地帶，望向了遙遠的遠山深處。這個文采村她當年為了探尋父親的死因來過，整座山莊已經夷為平地，沒有人住在那兒。殘存的幾座房屋也殘破不堪、斷垣殘壁，彷彿經歷了什麼難以描述的驚天大戰。

既然父親注定了會死在這一天，死在這個村莊。那麼就代表等會兒絕不可能順利。游雨靈的秀目靈動帶著濕潤，她看著的方向，是山那頭的一片廣大平原的某個所在。現在雖然荒涼，可幾十年後就會變得繁華。

那兒會出現一座醫院，私立醫院。

——衡小第三醫院！

彷彿一切，都開始有了關聯。

第十一章 陽屍

遊雨靈想不明白的是，眼前的環境，為什麼將自己帶回了父親將死的最後那一次驅魔事件中。是自己內心最深層次的意念驅使了醫院裡那超自然的物品這麼做，還是，這些幻想，真的想從自己身上得到什麼東西？

游雨靈早已不是傻白甜，她不傻。她警戒著環境裡的一切，尋找著窺破幻境的蛛絲馬跡。

「十筐子糯米，接近兩千斤。」村長見父親用手摸著筐裡的糯米，急忙道：「道長，夠不夠？」

「勉強夠了。」父親點點頭，吐了點唾沫在食指上，探了探風向：「西北風。今晚雲層厚實，大概不會爬月亮出來。天助我也。」

三更天逐漸在靠近，老爸看時間差不多了，吩咐道：「把糯米撒在黑土上鋪路，千萬不要沾著那些土，土裡的陽氣太重，一沾上就會燒進肉裡，神仙都沒得救了。」

對這些土，最近一個月文采村的村民們深有體會。這個山坡就這一塊，突然寸草不生了不說，時而有小動物跑上去也瞬間死掉。屍體燒熟了似的，隔老遠都能聞到肉香。

游雨靈聞了聞空氣裡的游離粒子：「道友，你方才說王才發一百年前屍變被鎮壓。棺材裡有可能引發他屍變的東西也被悍匪搶走了。埋在棺材裡的屍體應該沒事了才對，怎麼會在一個月前突然起了變化？」

「本道也不清楚。如果不是文采村的村長們代代留著我鬼門道法一系的聯絡方式，我也不曉得之前的故事。」父親嘆了口氣，對此他確實也頗感蹊蹺。

「有沒有可能，那個被悍匪搶走的東西，出現了什麼變故。所以引起了王才發棺材附近的異象？」游雨靈猜測道，這是當下最合理的想法。

「有可能。總之現在當務之急是趁著這百年屍體還沒有再次屍變前，將他移墓，葬在風水寶穴中再次鎮壓住。」父親微微一搖腦袋：「屍體一過百年，雖然不清楚棺材裡的狀況。但誰知道那具屍身會變成什麼鬼樣子。穩妥一點好。」

根據他的吩咐，村民們開始一筐一筐地朝那黑土上倒糯米。第一筐糯米倒下去，所有人嚇得寒毛都豎了起來。只見米粒和地上黑乎乎的土壤一接觸，彷彿產生了化學反應。大量的白色蒸汽蒸騰上來，如同大火燃燒，每一粒米都開始冒煙碳化。一百斤糯米幾秒鐘後變成了一堆焦碳。

黑夜裡散發著餘溫的焦炭，帶著濃濃的不祥。

「接著倒，不要停。」父親見村民嚇到了，急道：「一停就前功盡棄。」

「龜孫子，給老子使勁兒地倒。」村長活得久，一眼就看到自己籌的糯米恐怕不夠用，吼著：「誰家還有糯米，都給咱拿出來。情況都這樣了也別藏著掖著了，死人吃不了糯米。」

游雨靈撇撇嘴，仔細觀察起這塊地。半徑五公尺的黑土地，按照村民的說法，一個月前還藏在地下。地上面蒿草叢生，生機勃勃。佔了王才發田地的村民開始開荒種地後也相安無事，直到一個村民耕種時發現那塊田一夜之間黃土變成了斑斑點點的黑土。

他以為有人跟自己開玩笑，就去刨田裡的黑土。沒想到皮膚一接觸到一小塊黑土就倒地不起，身體拚命地抽搐，皮膚的每一處都冒起了黑煙。像是遭到了烈火焚燒，溫度之高將皮下脂肪都點燃了。

跟他一起的村民嚇得不輕，剛想去扶他，但是恐懼救了他一命。這村民想起了村子裡代代相傳的古老傳說，連忙去找村長。

當村長帶著幾個親信趕到山坡上時，腦門子上嚇出了一層冷汗。山坡上的黑土又多了些，已經幾乎比黃土的十分之一還多了。

就這樣黃土逐漸變成了黑土，看似地下有什麼黑色物質在將黃土染黑。最終形成了這直徑十公尺的死亡禁地。生機勃勃變得寸草不生，土壤也開始剝離，猶如被黑土吸收了，露出了嶙峋的岩石層。

村長哪裡見過這麼恐怖的事，思來想去就找了些比較有名望的道士和和尚。沒想到那些和尚道士談妥了錢款，一上山坡就沒有一個回來。屍骨都化成飛灰，找都不找不到了。

還有兩個算是有點道行，被所謂的法器裹著屍身，倒是沒有成灰，但命也沒了。屍首第一天還僵硬在地表，第二天一半身體就被什麼東西拖入了黑土中。那些黑土，彷彿也要吃食生肉。

最終，村長聯絡了游雨靈的父親。

眼前的黑土，被一筐一筐的糯米覆蓋上去，蒸騰的白煙終於少了。村民終於能前進一公尺了。

「繼續繼續繼續。」父親不斷地看著天色，臉色焦急：「三更大快到了，進度太慢！」他金黃的法袍隨風一揚，從身上掏出幾樣法器，準備立刻開壇做法加快進度。父親用腳在地上虛畫了一個符印，雙手各抓了一把符咒夾在每根手指之間，嘴裡唸唸有詞。捏了個法訣，手上的符咒無風自燃，火焰隨風變高。

「去。」老爸將八張點燃的符咒往外一扔，神奇的一幕出現了。八張符咒燃燒著，兀自在空中飄擺，向黑土的八個方向飛去。準確無誤地落在圓形黑土的八個邊緣，正好是鬼門道法中的八個坤位。

符咒落在地上後，燃燒得很緩慢，雖然火光在風中搖晃不止，可絲毫沒有熄滅的跡象。看著這一幕，村民們全都興奮起來，都覺得這次請來的道士雖然看模樣沒什麼仙風道骨，可感覺比前幾次的可靠。

連帶著手上的勁頭也大了。

「一灑甘露水，二灑法界水。」父親再次手一翻，左手拿了一瓶水，右手拿了個招魂鈴。灑一滴水在黑土上，招魂鈴就搖一下。

每次鈴聲一響，水滴落黑土。黑土就微微震動，地震了般，顫抖顫抖不休。八個坤位上的火焰，燒得更旺盛了。就連被糯米鎮壓下去的黑土，反彈的力度也變小了很多。眾人倒下糯米鋪路的進度，終於加快了。

十五分鐘，前進了三公尺。離黑土的正中央只剩下了一公尺左右。那口百年老棺材，就埋在下方不知深淺的位置。

游雨靈見父親咒語熟絡，很是羨慕。這鬼門道法中的招魂咒可不常見，用的範圍也小。所謂招魂，人死了有沒有靈魂兩說，招回來的也不過是那個人殘留在人世間的最後一絲能量。除了給活著的人欣慰外，屁用處都沒有。

可是老爸這一手用的就是瀟灑，魂屬陰，而黑土陽氣過旺。招喚大量陰魂來衝擊打壓黑土的陽氣，沒大量玩過腦筋急轉彎的活用不了。

游雨靈大概自己都不清楚，她正一臉小星星地看著老爸的背影。十足的戀父情結。

終於在壓榨完整村的糯米後，可以供人行走的路總算是勉強鋪了一條出來。老爸走到黑土正中央，取出兩道符咒在眼皮子上一擦，瞳孔裡頓時火光一閃。

他在地上畫出了一個長兩百二十公分，寬一公尺的長方形，話不多，幾個字：「倒黃酒，挖！」

一個個村民將一罐罐的黃酒倒在覆蓋著糯米的黑土上。黃酒浸下去，糯米立刻如氣泡般在地上鼓出了許多又黃又黑的包，彷彿一個人的腦袋上長滿了痱子，噁心得很。

見差不多了，老爸又道：「倒雄黃粉。」

不要說那時候，就算現在雄黃也死貴死貴的，按每錢來賣。一個窮村子裡能存多少雄黃？全村將雄黃搜刮完了，也不過堪堪收集到覆蓋在那塊長方形土地上的薄薄一層。

看了看天色，距離三更天只剩下不到半個小時。沒時間浪費了，老爸再次吩咐：「暫時沒危險了，現在將棺材挖出來。」

村民們面面相覷，他們一輩子過得安安穩穩，雖然也知道山坡上發生了可怕的事，卻沒什麼真實感。今晚親眼看到了恐怖的幾幕，借他們幾個膽子，也沒人敢第一個動那鏟子。

「快！」老爸吐出了一個字。

村長一咬牙，豁出老命不要了：「老子先來，龜孫子們給老子都動起來。」

他拿著鏟子就鏟起一泡鏟土，土被他揚飛，紛紛揚揚落在地上。只見原本的黑土變得五顏六色，像是浸了油彩，煞是好看。

見老村長屁事沒有，剩下的人才麻著膽子挖起土來。

父親和游雨靈打起了精神，小心戒備著。一頭潛伏了百年的老屍，說這麼容易就被起了棺材卻不出啥么蛾子，隨便一個經驗老到的人也不可能相信。

可由不得不信，三更天還沒到，已經有一個村民的鏟子打在了硬邦邦的東西上。他們挖到，棺材板了！

只聽一陣金屬碰金屬的刺耳聲，空氣裡的每一個分子都在顫動。

「都退回來。」父親一揚道袍，等大家退後完，急忙踩著狹窄的糯米路走過去。游雨靈也湊了過去。

黑土深處大約半公尺的位置，一個略有弧度的漆黑物體半埋在土中。這應該就是王才發的棺木。

「拿朱砂來。」父親喝道。

村長差遣一小童將裝朱砂的管子遞過去，父親隨手抓了一把，粉粒狀態的朱砂被他虛空畫了一道鬼畫符。朱砂紛紛揚揚的落在棺材土上，赫然形成了一個均勻的「赦」字。

這是鬼門道法裡的三光化邪法，游雨靈佩服不已。自己可沒辦法用的這麼瀟灑。朱砂撒成的「赦」字沾著最後的一層黑土，就噗嗤噗嗤的燃燒不休。直到黑土被燒得煙霧彌漫，最終竟然化為一攤黑水往下流去。

不多時，整個棺材暌違百年後，終於露出了真容。

村民們隔著老遠都能感到棺材出世後，一股撲面而來的刺骨寒意。紛紛裹著衣服大喊難受。

游雨靈探出腦袋，看清楚了棺材的模樣。這是一只很簡陋的棺材，楸木材質一般是窮苦人家才用的。棺木表面的木工粗糙，甚至沒有刨平整。可就是這麼一只老棺材，早已失去了楸木原本的顏色，不止黑得出奇，而且散發著陣陣邪意。

最可怕的是棺材附近還埋著幾具人類枯骨，半遮半掩地挨著棺木，彷彿是被棺材吸引過去的。

「這些屍骨全是當年那些想要降服棺材裡屍體的得道大師們。」父親解釋道：「其中有一位大師見對付不了這孽障，最終引燃自己，將自己活生生燒成十幾粒舍利。如果沒有那些舍利鎮壓，我游家老祖宗，當年恐怕也凶多吉少。」

說到這，父親又補了一句：「女道友，事情的緣起緣落妳都知曉了。之後的事情兇險，凶多吉少，本道也自身難保。還望女道友知難而退。」

游雨靈頓時急了，這是赤裸裸地趕自己走的節奏啊。她剛看得起勁，還沒參觀夠呢。只不過是幻覺罷了，再兇險，還能真的傷害到她？

「既然碰到了，也該是我的一個善緣。」女孩撇撇嘴，打官腔：「我看道友你一個人恐怕也不好搞定，我在你旁邊幫襯幫襯，順便也積點陰德。」

「今天的陰德，可不是那麼容易賺得。」父親嘆息著搖頭，沒有再勸下去。

游雨靈看著坑裡，看得很仔細。這副棺材古怪得很。楸木的木質雖然耐久，但是也不過能保存數十年罷了，更不要說是埋入土地被水浸。可百年過去了，這粗糙的棺材還像上了黑漆水，呈亮呈亮的。

棺材表面被周圍的火光一照，像是外表有什麼在流動。

游雨靈很奇怪，棺材一般在至陰的地方，裡邊的棺材才有可能屍變。這山坡頂上無論是日照還是土質，甚至就連周圍的嶙峋怪石也是石灰岩。石灰岩屬陽性，會腐蝕屍體。在如此惡劣的環境下，王才發都能屍變成功。真不知道他生前撿到什麼丟進了棺材，弄得他死後如此厲害。

如此陽性旺盛的黑土，棺材裡如果屍體真的還在的話，也會變成陽屍。對於陽屍，游雨靈只聽說過沒遇到過。據說比陰屍厲害，但厲害也厲害了一丁點罷了。再加上又被鎮壓住了，雖然自己老爸當年已經將鬼門送出，但是以他的道法，不該死在這兒才對。

女孩越想越覺得不對勁兒。可是她雖然不笨也不見得多聰明，想來想去還是想不通，待會兒到底會出什麼事，令自己父親鎩羽，最後連命都丟了。

三更天，也就是凌晨十一點到了。

陰沉的天氣寒風陣陣，邪風呼嘯，吹得站在山頭上的人左搖右晃地站不穩。

父親戒備萬分，喝道：「找幾個屬羊，屬鼠的村民，跳到坑裡把棺材捆緊。」

這句話一出，連村長都縮了縮脖子，是嚇得。他也屬羊，連忙弱弱道：「是要年輕小夥子嗎？」

「不要。最好是沒有生產過的女人和體弱多病的男子。」父親說。

游雨靈明白了他的意思。這棺穴是陽穴，沒生產過的女子和體弱多病的男子都屬於陰性。在棺材被朱砂鎮壓的情況下，他們下去最沒有危險。

互相推諉了幾番，終於有三男兩女被推了出來。這幾個傢伙渾身怕得打擺子，在眾人的注視下踩著糯米通道，萬般不情願地跳進了半公尺深的坑裡。父親先用浸泡著黑狗血和山羊血的墨斗繩子將棺材蓋子封住，才叫那幾個男女把繩子捆在棺材四周，捆緊了。

三更天剛過幾分鐘，爸爸感覺萬無一失後，這才喝了一聲：「起棺！」幾根木頭豎起，緩緩將沉重的棺材吊了起來。直吊到村裡幾個木匠臨時打造的抬轎上。

這抬轎也很有講究，因為陽穴的棺材不能直接接觸，否則人火過旺的青壯年會被棺材上蘊含的陽氣點燃，死得很慘。再加上父親也總感覺不太對勁兒，眼皮了直跳。穩妥起見，他讓木匠打得抬轎沒有遮頭，下方則是密封的容器。容器中盛滿了烏黑的狗血和羊血。

漆黑的百年老棺材直到放在抬轎，棺材底部沒入血液中後，父親終於鬆了口氣，塵埃落地了。只等大傢伙將棺材抬到今天看好的墓地中。這棺材裡的陽屍，就不可能作祟了。

猙獰的棺材彷彿真的死去了，靜悄悄地，什麼異象都沒有。

看到這兒游雨靈卻更緊張起來。四周太平靜，平靜得彷彿死氣沉沉。風雨欲來的感覺，令她的心臟怦怦直跳。

「前邊三個壯年男子，後邊四個，一起抬棺。」父親接著喊。死人是單數，可抬轎就需要雙數。用單數抬轎，也屬陰，克陽。老爸這次來準備的充足，沒少做功課。

一行幾十人手拿著火把，有人在前頭有人在後邊，長龍似的繞著山脊往前走。火把的火焰在冰冷的空氣裡發抖，彷彿再旺盛的火，也會隨時熄滅。

天空的黑雲在黑暗裡壓得很低，陰風淒厲。

「沒月亮。很好。」父親掐指算了算，時辰趕得及。

走了兩個多小時，眾人來到了老爸找好的位置。游雨靈一看附近的風水，頓時來了精神。這他母親的太絕妙了，完全是陽屍的剋星啊。

遷穴的位置在一個山谷中，四面環山，陽光終年照不進來。山谷周圍高大的樹木林立，而一到了晚上，由於太陽和月亮的角度不同，剛巧能照進月光。父親在尋好的地點插了一面狗血旗，三角的狗血旗迎風招展，上邊凝固的狗血被風一吹，竟然凍了一層白霜。

鄉親們還沒走近，就冷得發抖。

「這是，養屍地！十足的養屍地。」游雨靈慧眼如炬。這塊養屍地至陰至極，按理說絕對不能埋屍體。如果動物埋入，哪怕沒腦袋都能跳起來到處跑，更不要說是人的屍首了。肯定會屍變。

但是今天挖出來的王才發棺材則不同。王才發百年前不知為何因緣際會變成了陽屍，不能碰到陽光，否則會極為麻煩。可滋陰之地，也便是養屍地確實鎮壓陽屍的好場所。

只要埋進去，管它王才發當年鬧得多凶厲，也絕對翻不了身了。

父親讓村長將抬過來的桌子架好，桌上鋪好一張八卦布，林林總總地將帶來的驅魔物品擺好。祭上香蠟，抓了一把雄黃往火燒一扔。

火焰「噗」的一下就騰起了一大團火球。

「東方律令旗，西方律令旗，南方律令旗，缺北方。」父親一邊唸咒一邊向選好的土地上扔黃色三角旗，每一根三角旗落地，都深深地插入黃土中。

唯獨北方留了個缺口。游雨靈知道，這個缺口是為了讓外界的陰氣灌入特意留下的。

「旗子裡的土全挖出來，挖兩公尺深。」父親肅然道。

村民領命，紛紛拿起鏟子挖土。游雨靈看著黑壓壓的天色，刺骨冷意不斷從高的地方流入谷中，冷得驚人。王才發的黝黑棺木仍舊靜悄悄地停在那個黑狗血容器中，沒有一絲動靜。

女孩皺了皺眉頭。不應該啊，都這樣了棺材還死氣沉沉的，難道裡邊的屍體早就沒問題了？可如果沒問題的話，一個月前山坡上的黃土為什麼盡變黑土了？為什麼挨著黑土的人會因陽氣過旺而自燃？

還是說，出問題的，不是棺材或者屍體本身？

父親瞥了她一眼，將她若有所思的模樣，開口小聲道：「道友也覺得其中有蹊蹺？」

「沒錯。」她將自己的想法說了出來。

父親點頭：「我也是如此想過。總之，道友和我都儘量小心，不要中途出了什麼么蛾子，把命都丟了。」

游雨靈微微一笑，心頭樂了。本姑娘我是死不了的，但你這個死鬼老爸肯定會死在這兒。想著想著，笑意變成了皮笑肉不笑，最後心裡一痛。

根據母親少有幾次說漏嘴，父親應該就是死在這個山坡附近。甚至，就是在三更過後。他的生命，已經開始倒數了！

人多力量大，很快村民們就將兩公尺深，直徑兩公尺，長度三公尺的大坑挖了出來。

「啟棺！」父親叫了一聲。

游雨靈看到老爸的手都在抖，看來不止她一個人擔心，就連父親也緊張得不得了。是死是活，就看棺材能不能放進去了！

「放棺。」

隨著爸爸一聲低喝，在坑上臨時搭好的架子被捆上繩子，做成了簡易滑輪組。繩子將棺材拉扯住，緩緩離開狗血池，慢慢地在空中晃蕩，朝新的墓穴移動。

時間在一點一滴的過去，所有人都屏住呼吸悶不做聲。偌大的山谷僅剩下火把被風吹動產生的微微爆炸聲。

空氣裡遊蕩的冰冷，壓抑到令人難受。

游雨靈心臟怦怦亂跳。幾乎到了最後一步了，仍舊沒有意外發生。如果父親不是被棺材裡的陽屍害死的，那又是因為什麼？

糾結的情緒讓女孩的腦子一團亂。她總覺得裡邊有什麼東西自己沒有想明白。棺材被吊到墓穴正中央，慢吞吞地朝洞穴中降下去，一直降到了坑底下。

在一聲悶響中，棺材落地了。落在了用糯米鋪底、朱砂以及黑狗黑羊血攪拌而成的混合物上。

「倒糯米！」父親讓村民用糯米覆蓋住整口棺材，之後又覆蓋了生石灰，這才令所有人加緊時間回土。

游雨靈站在一旁觀看著大家無聲的行動，她越想越覺得不對勁兒。心頭有許多疑惑彷彿呼之欲出。

爸爸究竟是如何死的？他明明死在了今晚。這裡，真的僅僅只是她的幻覺嗎？如果是幻覺的話，為什麼許多她不知道的細節甚至劇情走向，都細緻地展現了出來。

或許，這並不是幻覺。

難道發生的一切都是真的？她因為某種原因，回到了十多年前，回到了自己六歲時，回到了父親死前的一刻？

父親的死因，裡邊，難道有什麼蹊蹺？

豁然，猶如一道閃電刺破了游雨靈的腦筋，她似乎想到了什麼，尖叫一聲：「別，不要埋土！這是個陰謀！」

有人故意讓百年前就已經沒問題的王才發屍身出了問題。故意讓山坡頂上呈現陽屍具有的一切特徵。故意讓父親產生錯誤判斷，讓他特意找了個至陰之地轉移王才發的棺材。

一切的一切，都在誤導父親。是誰出於什麼目的幹出這種損人利己的事情？他們究竟想要從父親身上得到什麼？

游雨靈渾身一抖，想到了一個可能。

鬼門！

那些人恐怕早已經得到了鬼門，想要殺掉爸爸，斷絕鬼門傳承的最後一絲痕跡。最終完全掌握控制鬼門。

周岩早已經死了，其後十多年，直到幾年前她一直追著的那個自稱為「周岩」的又是誰？

亂了！所有東西都亂了。

游雨靈全身發冷，如同置身在一個混亂的漩渦中，身不由己的在漩渦裡打轉，根本沒辦法自救。她的尖叫也晚了點。

在女孩的叫聲中，一個村民將最後一鏟子土撒在墳堆上。還沒等父親做法，就感覺土地一陣陣的劇烈抖動，蛇蟲鼠蟻隨著抖動源源不斷從地裡的無數洞穴中瘋狂地逃出來。

一股股陰風更加劇烈吹來，只聽地下的悶響變成了巨大的爆炸聲。村民來不及反應，就被掀起的大量石頭和土壤掩埋。

游雨靈在飛石和飛土間，英姿颯爽地站立。她望著雖然驚訝但仍舊很鎮定的父親一眼，咬牙做了個決定。

女孩將身上的黑色夜行服用力扯掉，露出了金黃色道袍。她抽出桃木劍，迎著爆炸聲走了過去。

父親也走了過去。

只聽一男一女，一老一少的聲音在這混亂和陰氣中迴盪，最後逐漸重疊在了一起。

「天地無極，乾坤借法！」

「今有鬼門道人，安鎮萬靈。浩然正道，妖魔束手。」

「急急如律令！」

沒有熄滅的火光中，不知佈置了多久的陰謀，終於露出了邪惡的獠牙，和兩位殘存的鬼門道人碰撞在一起。

驚世大戰，一觸即發！

尾聲

我坐在輪椅上，在嚴老頭的床邊嚇得一動也不敢動。

這裡不知何時變得異常冰冷起來，陣陣陰風吹在我臉上，可這個房間明明封閉著，門關著，窗戶也關著。

風，究竟是從哪裡吹來的？

不遠處一個黑影從天花板上垂吊下來，活像是一個黑乎乎的吊燈。它彷彿是一坨油膩的物質，徒有人類的外表特徵，可絲毫沒有感情。那個黑影吊在嚴老爺子的病床正中央，隨著陰風一搖一擺，每擺動幾下，就往下延長一些。

眼看就要和坐著的嚴老頭腦袋對腦袋了。看著這詭異的一幕，我拚命令自己冷靜下來，裝作若無其事的模樣。轉過腦袋，下意識地朝冷風吹來的方向看過去。

這一看之下，自己的魂差點都嚇得飛了出去。

自己感覺到的冷風，哪裡是從別的地方吹來的。分明是另一個黑影在離我近在咫尺的臉側，朝我不斷地吹氣。自己的頭剛一轉動，就和那黑影深深的眼窩對上了。

黑影沒有眼珠子，碩大的腦袋離我不到十公分。我的心臟狂跳，偏偏還要像沒看到似的，眼神透過黑影，望向了廁所的方向。裝作打量廁所幾秒，這才緩緩地收回了視線。

不能被它發現我能看到它。

這個念頭在自己的大腦裡不斷迴盪，不知為何我就是覺得，這個黑影比其他的黑影都特殊。如果被它發現，我能看清它，自己肯定會完蛋。

看似雲淡風輕，實則我的手緊張到指甲都快要掐入肉中了。

我的腿部肌肉在顫抖，自己的全部精力都用來控制臉部肌肉的表情上。還好，黑影沒有看破我的拙劣表演。它繼續朝我吹風，吹了一陣子後，這才一搖一擺的離開了。

那黑影飄到天花板上，靠近了天花板上的黑影。沒多久兩個黑影竟然擠成了一堆。融合後的黑影變得更黑了，凝實了許多。甚至燈光透過它，竟能在牆面上留下一道淡淡的虛影。

不仔細看，根本看不出來。

黑影繼續往下垂吊，直到碰到了嚴老頭的腦袋。對於看到的景象，我束手無策，甚至不知道該怎麼阻止。

我想到了一個問題。早些時候這些黑影都無法靠近嚴老頭的床，似乎床附近有一層特殊的隔閡阻隔了它的入侵。而同樣的黑影，安寧病房的每一扇門前都有。那些黑影幾乎無法進入病房門，同樣被那層隔閡阻止了。

但為什麼今天，隔閡不見了？

那層無形的隔閡究竟是什麼？不，應該說是什麼人故意為之，那個人早已經知道了黑影的存在，並且有力地阻止了它們靠近病人。

其實答案早就在我的心中了。除了游雨靈那傻丫頭，還能是誰了？但是如今隔閡突然沒了效果，難道游雨靈她本人出了什麼問題？

黑影在天花板上翻了個身，站在了床上。只聽病床「咯嘰咯嘰」的響了幾下，彷彿有什麼沉重的東西壓迫了底下的彈簧。

嚴老爺子也察覺到不對勁兒，他抬起腦袋，突然驚喜道：「翠英，翠英是妳嗎？妳終於來接我了？」

老頭子用顫抖的手，從抽屜裡拿出那張裱好的五十塊錢：「妳來看看這張五十元，我還保存著。我還保存著咧。妳來接我了，真好！」

「老爺子，那絕對不是翠英！」我渾身冰冷，終於忍不住了，伸手想要將他從床上拉起來。

話音剛落，那黑影的腦袋頓時朝我偏了過來。

我暗叫一聲糟糕，再次裝出面無表情，對老爺子說：「你的翠英已經死了，不可能來看你了。人死了就沒了，走走，我陪你去外邊溜達一下。」

這次我的話沒有騙過黑影，那黑影離開了床，朝我爬過來。它隨著床和地面的夾角起伏，像是一張柔軟的紙張，不多時已經湊到了我跟前。

就在這時，自己抓住的嚴老爺子的手竟然抽搐了一下。本來坐著的老爺子腦袋耷拉了下去，人也失去所有力氣似的癱了。我連忙用手摸向嚴老頭的脈搏，沒有搏動。嚴老頭，死了。

像是預示著一個老人生命走到了盡頭，心律監控器隨之發出了刺耳的長「滴」聲。我一動也沒動，靜靜等待護士到來。那黑影繞著我，在地上游來游去，彷彿想要看清楚我究竟是不是發覺了它的存在。

我硬是將看不到它的遊戲扮演到了底，額頭上的冷汗，不斷地朝鼻尖爬。最終落在地上，摔得粉碎。

黑影放棄了判斷我的表情，它再次回到床上，突然就失去了蹤跡。

我這才長長鬆了口氣，死命地按下了護士鈴。正準備再檢查一下嚴老頭的狀況時，猛地，自己整個人都呆住了。

床對面的牆壁上，無數樹葉的倒影搖曳。那乾枯的樹枝，每一根都猶如冤死亡靈的手爪，帶有尖尖的銳利指甲。

我下意識地揉了揉眼睛，沒搞懂這是怎麼回事。安寧病房在綜合大樓的三樓，周圍並沒有什麼大樹，怎麼會有樹的倒影投射到雪白的牆壁上？況且病房還極為明亮，那面牆壁也沒有正對著窗戶。

樹的影，究竟是哪裡映出來的？

我的心底冰冷一片，轉動腦袋妄圖找到那些樹影的來源，可是一無所獲。自己轉動了幾下輪椅，來到了那面牆前，擋住有可能投影的地方。

哪怕我偌大的人遮住了燈光，可自己卻沒影子了。本應該是我影子的地方，仍舊樹影婆娑，鬼爪生長，毫無規律地招搖著。像是絕望的人在拚命地想要抓住救命稻草！

在自己愣愣的視線中，有一個東西走了出來，露在牆壁上。我定睛一看，竟然正是剛剛失蹤的黑影。

黑影走在牆壁上，鬼爪似的樹枝頓時纏了上去，妄圖想要將它纏住。黑影一步步地往前走，直到走出了牆壁。

在我驚訝的視線中，走到了病床前，坐到床上嚴老爺子的屍體上，最終和老爺子的屍身合二為一。

自己大叫不好，這詭異的一幕怎麼想都不可能是好事。

我連忙轉動輪椅想要從這間病房逃出去，但已經沒有機會了。不多時和黑影重疊的已經死掉的嚴老爺子猛地張開了眼睛。

他的眼沒有瞳孔，只剩煞白煞白的眼白。絲毫沒有生機的嚴老爺子探出手，一把抓住了我的輪椅，另一隻手爪子似的朝我的腦袋抓來。

就在這生死千鈞一髮，我不再猶豫想要再次破戒拿出保命的東西時。一道低喝聲響了起來：「滾開。」

什麼東西打在了嚴老爺子的身體上，老爺子悶不吭聲的，如破布般拋飛到了床邊。

我心裡一喜，一臉陰謀得逞的笑。

自己謀劃了那麼久，裝病裝可憐那麼久，甚至不惜將自己陷於危險當中。

那個人，M，終究忍不住出現了！

轉過臉去，朝救了自己數命的M看去。只看了一眼，自己難以置信地瞪大了眼睛。

怎麼會，是她？

The End

後記

最近在想一個問題，人應該不應該信命。

人死前，真的能確切地猜到自己生命流逝到盡頭的確切日期嗎？說起來很玄，但有些東西，真的很難用科學來解釋。

這本小說寫到最後一萬字的時候，遇到了一件悲傷的事情。所以導致趕稿的速度也慢了很多。也比預計的完稿時間慢了些。

因為妻子的奶奶去世了，和金庸先生的去世日期一樣。十月三十日。

妻子的奶奶在兩個多月前檢查出胃部惡性腫瘤，也就是俗稱的胃癌。醫生說已經沒有機會了，問家屬是保守治療還是拚一拚。如果拚的話，醫生說得很直白，就是拚給外人看看而已。讓別人看看這家人那麼多子女，都在努力拚命地拯救自己母親的生命。

但是拚的後果，很有可能是活不到下手術臺。畢竟已經是八十五歲高齡，在皮膚上的任何一個傷口，以她現有的免疫系統，都是無法癒合的。

不拚，選擇安寧照護的話，還能活一段時間。

大家選擇了後者。妻子的奶奶在住院幾天後，大家瞞著她，說她病癒了，將她帶回家。

可是一個人真的不知道自己的身體狀況？或許老太太只是樂呵呵地故意被大家騙，樂呵呵地回了家。

回家的時候，老太太說了一句，等到十月三十日，我就解脫了。

大家都沒有明白這句莫名其妙的話是什麼意思。畢竟醫生說她至少還能活半年左右。老太太在家的日子也樂呵呵的，思緒清晰，還能自己下床上廁所。就是吃東西很艱難，要靠營養液。

醫院開了藥，她在家裡自己吊點滴。她總是對人說，她十月三十日就舒服了。院子裡的人看她精精神神的，也不明白這句話的意義。

一個半月後，時間不斷的趨近十月三十日。老太太的身體狀況開始惡化，無法下床，只能穿著紙尿褲。但是精神還好，每天都能自己喝藥。

一天一天過去，家人們完全看不出老太太會在最近離去的徵兆。但是越靠近十月三十日，老太太的話越來越多，腦子清楚也越發的清楚。

「我的壽衣備好了沒，我要七衣七下的。」老太太希望美美的，最隆重地走。

「我幾年前打的那口楸木棺材，政府不准下葬了吧？可惜了，可惜了。上好的楸木，哪怕不上漆水也能用上百年呢。現在那麼小一個盒子，裝得下啥？」

「我怕燒啊，燒成灰多可怕。能不能不要把我送火葬場？啥，政府不准土葬，只能火葬了。啥世道。」

每一天每一天，老太太都彷彿叮囑自己後事般，對著兒女囑咐著。兒女很納悶，紛紛詢問對方有沒有對老太太透露消息，老太太是不是曉得了自己得了不治之症？

盤查的結果是，沒有任何人說漏嘴過。大家都告訴老太太，她的病快好了。鎮痛劑的效果很好，老太太幾乎感覺不到痛。

不痛，自然也不清楚自己到底得了什麼可怕的病。但是，老太太似乎清楚得很。

昨天是十月二十九日，我和妻子帶餃子特別回去看她。老太太的精神依舊很好，喝了好幾口營養補充品。還跟餃子說了一會兒話，說娃娃啊，妳可長得真漂亮。長大後一定是個頂聰明的美人。

我對妻子說，老太太精氣神足，應該能撐得到過年。

所有人也都和我想的一樣。

老太太當時還握著我岳父：「二子啊，我的銀行裡還有些存款。」

老太太告訴了岳父密碼，連存款的尾數都記得清清楚楚，要岳父去幫她取出來。在自己過世後平分給大家。

岳父當時還在笑，說您老至少還能活很久。

老太太也笑了：「明天就能解脫了，可以去見老頭子了。」

十月三十日終於到了。雖然大家都不相信老太太今天會死，可所有的兒女都儘量回來了。和老太太說說笑笑。老太太彷彿沒事人般，精神依舊很好。

大家陪她到了晚上，見她狀況還好，就留下兩個人值班，剩下的人紛紛離開了。所有人都不認為老太太會在今天離去。

我和妻子開著車，剛回到了相隔一個城市的家，就接到了岳父的電話。老太太走了，她真的走了。

解脫在她預言自己會解脫的那日。

我和妻子剛打開家門，又將大門合攏回到了車上，急急忙忙地往老太太家趕去。我抽空看了看時間——晚上十點五十。

只差一小時十分鐘，老太太就能跨過三十日。

你說，人是不是有命數？

人之將死，真的能提前看清，自己的壽命最終隕落的那個日子嗎？

唉，誰知道！

夜不語

夜不語作品 28

夜不語詭秘檔案904：叫魂

國家圖書館出版品預行編目資料

夜不語詭秘檔案904：叫魂／夜不語 著.
一 初版. 一 臺北市：春天出版國際，2019.01
面；　公分. 一（夜不語作品；28）
ISBN 978-957-741-181-5（平裝）
857.7　107023602

ISBN 978-957-741-181-5
Printed in Taiwan

作者	夜不語
封面繪圖	Kanariya
總編輯	莊宜勳
責任編輯	黃郁潔
美術設計	三石設計
出版者	春天出版國際文化有限公司
地址	台北市信義區信義路四段458號3樓
電話	02-7718-0898
傳真	02-7718-2388
E-mail	story@bookspring.com.tw
網址	http://www.bookspring.com.tw
部落格	http://blog.pixnet.net/bookspring
郵政帳號	19705538
戶名	春天出版國際文化有限公司
法律顧問	蕭顯忠律師事務所
出版日期	二〇一九年一月初版
定價	170元
總經銷	楨德圖書事業有限公司
地址	新北市新店區寶興路45巷6弄6號5樓
電話	02-8919-3186
傳真	02-8914-5524

夜不語
詭秘檔案

夜不語
詭秘檔案